Josef Kohler

Zur Urgeschichte der Ehe

Totemismus, Gruppenehe, Mutterrecht

Josef Kohler

Zur Urgeschichte der Ehe
Totemismus, Gruppenehe, Mutterrecht

ISBN/EAN: 9783742808899

Hergestellt in Europa, USA, Kanada, Australien, Japan

Cover: Foto ©Andreas Hilbeck / pixelio.de

Josef Kohler

Zur Urgeschichte der Ehe

ZUR
URGESCHICHTE DER EHE.

TOTEMISMUS,
GRUPPENEHE, MUTTERRECHT

VON

DR. J. KOHLER

o. ö. Professor an der Universität Berlin, Auswärtigem Mitgliede des Königl. Instituts voor de Taal-, Land- en Volkenkunde van Nederlandsch Indië, Correspondirendem Delegirten der Société Académique Indo-Chinoise zu Paris, Correspondirendem Mitglied der Société de Législation comparée in Paris und der Genootschap van kunsten en wetenschappen in Batavia, Ehrenmitglied des Istituto di Storia del Diritto Romano an der Universität Catania.

Separat-Abdruck
aus der *Zeitschrift für vergleichende Rechtswissenschaft.*

STUTTGART.

VERLAG VON FERDINAND ENKE.

1897.

MOTTO.

Habent namque nationes, regna et civitates
inter se proprietates, quas legibus differentibus
regulari oportet. Est enim lex regula directiva
vitae. Aliter quippe regulari oportet Scythas,
qui extra septimum clima viventes et magnam
dierum et noctium inaequalitatem patientes, in-
tolerabili quasi algore frigoris premuntur; et
aliter Garamantes, qui sub aequinoctiali habi-
tantes et coaequatam semper lucem diurnam
noctis tenebris habentes, ob aestus aëris nimie-
tatem vestimentis operiri non possunt.

Dante, Monarchia I 16.

Inhalt.

I.

Kritik.

§ 1.

Morgan hat sich in seinem Werk über die Consanguinity im 17. Band der Smithsonian Contributions ein ewiges Denkmal gesetzt. Durch die Fülle der darin enthaltenen, trotz mancher Ungenauigkeiten doch mit grosser Akribie gegebenen Daten hat er der vergleichenden Rechtswissenschaft auf Jahre hinaus das fruchtbarste Material der Verarbeitung geboten, und dieses Verdienst ist um so grösser, als er ein Material gesammelt hat, das uns sonst auf Nimmerwiedersehen unter den Händen verschwunden wäre mit den Völkern, von denen es herrührt, mit den socialen Zuständen, aus denen es geschöpft ist.

Es wäre zu erwarten gewesen, dass sich die Wissenschaft sofort des Materiales bemächtigt hätte, um hinter den in den vielen Tafeln gegebenen Daten die treibenden Kräfte zu erkennen, das leitende Gesetz menschlicher Entwickelung, das in solchen Erscheinungen zu Tage tritt, zu erspähen. Das Studium ist schwer, der Gewinn aber unermesslich; denn es gilt, den Urzeiten unseres Geschlechts näher zu treten und die Verhältnisse von Zeiten zu ergründen, von denen uns keine Kunde geworden ist und sonst keine Kunde werden kann.

Leider hat sich gegenüber den Morgan'schen Studien eine
Reihe von Kritiken erhoben, welche die einleuchtenden Schlussfolgerungen aus den Tafeln zu bekämpfen versuchten. Das
möchte nun so hingehen. Aber in der vergleichenden Rechtswissenschaft will gar mancher in die Arena treten, der die
Morgan'schen Tafeln gar nicht durchgearbeitet oder der überhaupt nur so nebenbei aus den Werken dieses oder jenes Autors
etwas erspäht hat. Hiergegen muss nachdrücklich hervorgehoben
werden: die vergleichende Rechtswissenschaft ist ebenso wie
die vergleichende Sprachwissenschaft eine selbständige grosse
Wissenschaft, die des intensiven Studiums bedarf; und wie
der altklassische Philologe nicht darum schon, weil er ein
guter Hellenist sein mag, über die universelle Entwickelung
der Verbalsuffixe und die Bedeutung des Passivums und Me-
diums in der Geschichte der Sprache, über den Uebergang
vom ideogrammatischen in das phonetische Zeichensystem zu
urtheilen berechtigt ist, so ist, wer im modernen Recht
auch sehr erfahren, darum noch nicht in der Lage, über
die Rechtsentwickelung bei den Urvölkern und die ersten
Entwickelungsformen der Ehe ein massgebendes Urtheil zu
geben.

Dies sollte selbstverständlich sein und ist selbstverständlich. Ich übergehe daher die Stimmen jener, die nur so
nebenbei auch einmal universalgeschichtliche Probleme anzu-
streifen gesucht, auch wenn die Zuversicht ihres Urtheils, wie
so oft, im umgekehrten Verhältniss steht zu seiner Bedeutung und seiner quellenmässigen Begründung, mit Stillschweigen,
da es doch selbstverständlich ist, dass die Wissenschaft nur
in ihren Kreisen zu discutiren hat; und wer ohne Kenntniss
der Morgan'schen Tafeln über die Verwandtenfolge discutirt,
gleicht dem, der über das römische Recht und seine Bedeutung spricht, ohne das Corpus juris civilis genau erforscht
zu haben.

Andere Schriftsteller sind mit einem grossen Material in
die Schranken eingetreten und haben auch die Grundquellen der

vergleichenden Rechtswissenschaft in ihren Studien erfasst; sie
sind darum in der Discussion zu berücksichtigen. Aber es gibt
solche Forscher, denen bei aller Fülle der Details die richtige
Methode fehlt und die darum zu keinem zutreffenden Resultate,
auch nicht zur Fundirung von Principien gelangen konnten,
sondern eher in der Lage waren, auf unrichtige Pfade, in's
dichte weglose Gestrüpp abzuirren, oder auch in einen Eng-
pass, aus dem nicht herauszuhelfen ist.

Die Methode unterscheidet den wahren Forscher von dem
gelehrten Dilettanten. Diese Methode fehlt aber zunächst
wesentlich im Werke von Westermarck, History of human
marriage (London 1891). Man hat das Werk als einen Ausbund
von Gelehrsamkeit gepriesen; und in der That, der Verfasser
verfügt über ein riesiges Stoffgebiet, die Zusammenstellung der
Literatur ist musterhaft; allein der Verarbeitung fehlt es an
jeder richtigen Methode, und das Werk kann nur als reiche
Sammlung von Materialien eine Bedeutung beanspruchen, ebenso
wie z. B. Schmidt's Jus primae noctis, dem es allerdings nicht
nur an Methode, sondern auch an dem nothwendigen wissenschaftlichen Standpunkt völlig gebrach.

Noch schwerer sind die Irrungen in dem Buch von
Mucke, das unten zu besprechen ist; und wenn die Gebrüder
Sarasin in ihrem an sich recht anerkennenswerthen Werk über
die Weddas glaubten, auf dem von ihnen betretenen Wege den
„in der Phylogenie der Menschen liegenden Räthseln" bei-
zukommen, so war dies ein schwerer Irrthum.

§ 2.

Allerdings gibt es bei einer so jungen Wissenschaft noch
keine allgemein anerkannte Methode, und Abirrungen sind
für jeden Forscher unvermeidlich.

Indessen habe ich bereits im Juristischen Litteraturblatt
1895, VII, S. 193 f. über die Methode einige Winke gegeben,
die zur Verständigung führen können.

Betrachten wir die vergleichende Rechtswissenschaft als eine historische Wissenschaft, welche eine Entwickelungsgeschichte der rechtlichen Institute geben soll, so handelt es sich wesentlich darum, das prius und das posterius in der Einzelentwickelung eines jeden Instituts festzustellen.

Hier ist nun ein Irrthum erwachsen, der in der Schrift von Hildebrand [1]) die seltsamste Blüthe getrieben hat, aber auch bei manchen Schriftstellern, die sich ab und zu einmal mit Rechtsvergleichung befassen, üppig in's Kraut geschossen ist.

Man glaubt: je niederer ein Volk in seiner materiellen oder geistigen Kultur, desto ursprünglicher müsse sein Recht sein, und das Recht der Hottentotten oder Buschmänner sei das Prototyp der primitiven Rechte. Ganz von dieser Ansicht sind die Gebrüder Sarasin befangen, und selbst ein Forscher, wie der verstorbene Dargun, ist ihr unterlegen. Dagegen muss ich immer und immer darauf hinweisen, dass der niedere ökonomische und intellektuelle Stand eines Volkes noch keinen Beweis dafür bietet, dass sein jetziges Recht das ursprüngliche ist. Es wäre dies ein Schluss, ebenso wie wenn man daraus folgern wollte, dass die Sprache der Buschmänner die menschliche Ursprache und die Sprache der Hottentotten nur ein affenähnliches Lallen wäre. Aber die Sprache dieser Völker hat bereits einen sehr complicirten und weit verzweigten Bau und beweist, dass dieselben schon lange Stadien der Entwickelung hinter sich haben, auch wenn sie es in der materiellen und geistigen Kultur nicht weiter gebracht haben.

Denn einmal sind manche Völker aus irgend welchen Gründen nicht zum Ackerbau, ja nicht einmal zur Viehzucht übergegangen; ist dies der Fall, so ist auch gemeinhin der Erwerbtrieb und die Individualisation gering geblieben, und mit dem Erwerbtrieb natürlich auch das Vermögensrecht und

---

[1]) Ueber das Problem der allgemeinen Entwickelungsgeschichte.

die Vermögenswirthschaft. Dass solche Völker nicht zählen gelernt haben, ist ebenso begreiflich: zählen lernt man erst, wenn ein Bedürfniss dazu vorhanden ist, und das Bedürfniss kommt gemeinhin erst mit dem Geld.

Dass solche Völker unökonomisch im höchsten Masse sind, in den Tag hineinleben und, obschon sie könnten, nicht für die Zukunft sorgen, ist auch sehr begreiflich; denn die Sorge für die Zukunft kommt erst, wo der Begriff der Wirthschaft, d. h. der geregelten Vermögensbethätigung zu erwachen beginnt.

Damit ist natürlich das Denken dieser Völker nicht abgeschnitten; es sind ihm nur enge Grenzen gesteckt. Solche Völker können sehr complicirte Eheeinrichtungen besitzen, sie können in diesen Beziehungen schon grosse Revolutionen durchgemacht haben, ebenso wie sie in der Sprache bereits die Orts-, Zeit-, Causal- und sonstige Verhältnissbeziehungen mit vieler Feinheit zur Darstellung bringen können.

Ob auf ihrer Stufe eine Entwickelung von künstlerischen Fähigkeiten möglich ist, hängt von vielen Umständen ab; die Möglichkeit ist nicht ausgeschlossen, vorausgesetzt, dass solche Völker dazu kommen, sich die nöthigen Werkzeuge zu verschaffen: Musik und Kunstgewerbe können sich bei Menschen niederer Stufen bilden, künstlerische, dramatische Tänze u. a. sind vielfach nachzuweisen.

Den methodischen Fehler, von der sogen. allgemeinen Kulturstufe eines Volkes den Schluss zu ziehen, dass seine Einrichtungen die ursprünglichen sind, habe ich bereits anderwärts aufgewiesen[2]). Eine solche Betrachtungsweise kann uns einigen Aufschluss geben über die ursprünglichen Verhältnisse der Völker im Vermögensrecht, keinenfalls aber über ihr Recht der Ehe und Familie.

Ein Volk, das tief in den ersten Stadien der materiellen Kultur und damit auch der Geisteskultur stecken geblieben

---

[2]) Juristisches Litteraturblatt VII S. 197 f.

ist, kann in kurzer Zeit aus den ursprünglichen Rechtszuständen zu anderen gelangt sein; während andere Völker mit grösster Zähigkeit in fortgeschrittener Geisteskultur frühere Zustände beibehalten haben. Glaubt man etwa das Mutterrecht der Etrusker damit abstreiten zu wollen, dass Völker von tiefster Kulturstufe Vaterrecht haben? Die Römer haben sich schwer aus der agnatischen Familie zur Cognation hervorgerungen; anderseits gibt es Negervölker und malayische Stämme, die bereits die Cognatenfamilie entwickelt haben. Schon a. a. O. habe ich mit der Sprache exemplificirt: ein Volk hoher Kulturstufe kann möglicherweise die flexionslose Sprache beibehalten: gewiss ist die Kultur der Chinesen höher gewesen, als die der Rothhäute, und doch sind sie nicht zur agglutinirenden Sprache gelangt, die doch eine viel höheres Stadium der Sprachentwickelung darstellt.

Bei anderen Forschern spielen die Vorgänge des Thierlebens eine grosse Rolle: weil man annimmt, dass so und so viele Thierspecies, und besonders auch anthropoide Affen in monoganer Ehe lebten, so könne nicht angenommen werden, dass das genus homo mit der Promiscuitäts- oder Gruppenehe angefangen habe.

Auch derartige Argumente sind sofort abzulehnen. Die Eheform der verschiedenen Thiere sind so mannigfaltig, und oft unterscheiden sich zwei sonst ganz verwandte Species gerade in Bezug auf das Geschlechtsleben von Grund aus, so dass von der einen Species auf die andere gar nicht zu schliessen ist. Und der weitere Schluss a potiori ist völlig unrichtig; denn die Bildungsstufe der Thiere richtet sich durchaus nicht nach ihrer geschlechtlichen Wohlanständigkeit, und für den Menschen ist gerade das gesellschaftliche Zusammenleben von jeher so charakteristisch und der Entwickelung förderlich gewesen, dass eher zu folgern ist, dass ein die Gesellschaft so fest zusammenhaltendes Verbindungselement, wie die Gruppenehe, ein Hauptentwickelungsmittel der ursprünglichsten Kultur in Ururzeiten gewesen sein mag.

Wie wenig es mit solchen Argumenten auf sich hat, beweist der Umstand, dass man mit derselben Schlussfolgerung sowohl die omnivoracitas des Menschen als auch insbesondere den Kannibalismus hat abstreiten wollen. Der Kannibalismus ist sicher [3]); sicher ist, dass das genus homo Grausamkeiten begangen hat, vor denen fast jedes Thier zurückschrecken würde — und doch hat das genus homo alle Thiere überflügelt und ist zum unbestrittenen Herrn der Erde geworden. Nicht der Weichheit und feinen Reserve ist die Priorität unter den animalischen Wesen vorbehalten gewesen; wesentlich sind vor allem die socialen Triebe und der organisirte Zusammenhalt der Massen, und mit Recht hat man hervorgehoben, dass gerade in dieser Beziehung die anthropoiden Affen von (sonst) niederen Thieren weit überragt werden [4]).

Methodisch-kritisch können für das frühere oder spätere Auftreten eines Rechtsinstituts und die Entwickelung von einem zum anderen nur folgende Principien richtig sein:

1. Wenn wir im Leben der Völker nachweisen können, dass sich das Institut a zum Institut b entwickelt hat, und wenn nirgends eine gegentheilige Entwickelung nachweisbar ist (oder doch nur unter ganz ausserordentlichen Verhältnissen), so ist der Schluss methodisch zulässig, dass das Institut a das frühere ist.

2. Dieser Schluss kann noch verstärkt werden, wenn die Elemente, welche die Entwickelung hervorgetrieben haben, nachgewiesen werden können, und wenn sich darthun lässt, dass diese Elemente bei den verschiedensten Völkern wiederkehren; wenn insbesondere aus der menschlichen Natur und aus der Art und Weise der materiellen oder idealen Kulturentwickelung gezeigt werden kann, dass das Streben der Völker mehr nach dem Institut b, als a geht.

---

[3]) Hierüber und über den Kannibalismus bei Thieren vgl. nunmehr auch Steinmetz, Endokannibalismus S. 35 f., 48 f.
[4]) Rauber, Urgeschichte des Menschen II S. 306 f.

3. Damit ist noch nicht nachgewiesen, dass, wo wir das Institut b finden, es sich aus dem Institut a entwickelt hat; denn es wäre denkbar, dass ein Volk mit dem Institut b begonnen oder dasselbe aus einem anderen Institut (z. B. x) herausgebildet hätte. Hier kann nun verschiedenes zu Hülfe kommen, um uns aus der Unsicherheit zu befreien und uns einen festen Boden zu bereiten; so die Analogie, so die historische Erinnerung, so aber vor allem die residuären Formen, die sich als die Ueberreste einer bestimmten Urform herausstellen.

4. Die Beobachtung dieser residuären Formen wird darum von besonderer Bedeutung sein. Hier gilt nun folgendes Princip: wo wir bei dem einen Volke nur noch die residuäre Form finden, während bei einem anderen das Institut in voller Blüthe ist, da ist das letztere Volk vor Allem in Betracht zu ziehen, um uns in den Charakter des Instituts und in die Art der ursprünglichen Bildung einzuweihen; ohne dass wir uns dabei an der Thatsache stossen können, dass das letztere Volk sonst einer höheren Kulturstufe angehört, so dass man eigentlich bei ihm das Abblühen der ursprünglichen Gebilde erwarten sollte. Will man den Totemismus studieren, so wird man ihn bei den Rothhäuten am besten erkennen können, besser, als etwa bei den Negervölkern; während für die Jünglingsweihe wiederum die Afrikavölker (neben den Australiern) die lehrhaftesten Beispiele geben.

5. Die Frage, was als residuäre Form zu behandeln ist, wird insbesondere gelöst werden durch Beobachtung von Völkern, bei denen sich das Absterben des Instituts zur blossen Formalität historisch nachweisen lässt; eine Mehrheit ähnlicher Formen, welche den Charakter der Residuärformen an sich zu tragen scheinen, wird natürlich die Vermuthung unterstützen; die Unmöglichkeit oder Undenkbarkeit, die Form auf andere Bildungselemente zurückzuführen, und besonders auch die regelmässige Wiederkehr bestimmter äusserlicher Zeichen werden die Annahme wesentlich verstärken. So wird der

Avunkulat als Zeuge ehemaligen Mutterrechts namentlich dadurch an Glaubkraft gewinnen, dass der Nachweis geführt
wird, dass es constant der Mutterbruder, nicht der Vaterbruder ist, der die bestimmten Rechte ausübt; dass die
Rechte, die dem avunculus zustehen, solche sind, die sonst
dem Vater und Mundwalt innewohnen, also auf Familiengewalt
deuten u. s. w.

6. Ein gewichtiger Punkt ist endlich die Verbindung
zweier Institute. Wo wir diese Verbindung constant wahrnehmen, namentlich bei sonstiger Verschiedenheit der Ent-
wickelungsverhältnisse, wird der Schluss des inneren Zusammen-
hangs an Wahrscheinlichkeit gewinnen, und dieser Schluss
wird uns sehr schätzenswerth sein; denn es ist uns dann möglich, wo wir das eine Institut finden, mit Wahrscheinlichkeit auf das Vorhandensein oder das Vorhandengewesensein
des andern zu schliessen. Dieser Schluss gewinnt an Sicherheit, wenn es uns gelingt, den psychologischen, sociologischen
Zusammenhang beider Institute darzuthun, so dass der instink-
tive Wahrscheinlichkeitsschluss durch die innere Kenntniss der
Erscheinungen bestätigt wird.

Ich verweise hier beispielsweise auf die Beziehung von
Totemismus, Gruppenehe und Mutterrecht, die im folgenden
besonders zur Erscheinung kommen soll.

Nach diesen Kriterien wird es möglich sein, eine feste
Grundlage zu gewinnen; so insbesondere auch, was die Fami-
lienorganisation und ihre Geschichte betrifft. Jede andere
Art der Behandlung führt auf irrlichtelirende Abwege; und
tritt noch gar hinzu, dass ein Forscher aus lauter Reverenz
vor dem genus homo sich scheut, bestimmte historische Thatsachen anzunehmen, weil sie des menschlichen Geschlechts
unwürdig seien, so etwa wie man das jus primae noctis be-
kämpft hat, weil man es für unmöglich annahm, dass auf der
Menschheit ein solcher Makel laste, dann fehlt es völlig an
der wissenschaftlichen Objectivität, und die Forschung kann
zwar zufällig da und dort etwas Fruchtbares zu Tage fördern,

allein sie bietet durch ihre Methode keine Gewähr einer richtigen Fundirung, und von einer genügenden wissenschaftlichen Verwerthung des uns gebotenen Materials kann keine Rede sein.

§ 3.

Viel Gewicht hat man in neuerer Zeit auf die Darstellung der Gebrüder Sarasin über die Weddas gelegt, welche allerdings mit dem Anspruch eines Versuchs der Förderung der menschlichen Urgeschichte hervortritt[5]); und manche ernste Forscher haben sich durch die Art der Weddas bestimmen lassen, die Urgeschichte der Menschheit in sehr ordentlich geregelten monogamischen oder quasimonogamischen Verhältnissen zu denken und die Lehre des sexuellen Communismus als widerlegt zu erachten.

Wiederum der ständige Fehler, zu wähnen, dass die Menschenstämme, die auf einem niedrigen wirthschaftlichen oder intellektuellen Niveau stehen, auch rechtlich die Urzeiten der Menschheit darstellten! Im Gegentheil sind gerade solche verkommenen, in die grösste Dürftigkeit gerathenen armseligen Menschentrümmer nothwendig aus den ursprünglichen rechtlichen Verhältnissen herausgefallen: sie haben vielleicht die grössten socialen Defekte erlitten, so dass ein socialer Zug nach dem anderen verschwunden ist und eine elende Einzelexistenz übrig geblieben ist. Damit soll nicht etwa gesagt sein, dass die Weddas ehemals eine Kultur gehabt, sondern dass das ursprüngliche Menschenthum socialer veranlagt war, als dies bei den Weddas erscheint; wie man ja auch aus den geschichtlichen Daten den Eindruck einer ehemaligen inten-

---

[5]) Paul und Fritz Sarasin, Die Weddas von Ceylon und die sie umgebenden Völkerschaften, ein Versuch, die in der Phylogenie des Menschen liegenden Räthsel der Lösung näher zu bringen (Wiesbaden).

siveren Wirksamkeit dieses Volkes bekommt, wenn auch diese
Daten allerdings sehr viele Zweifel übrig lassen[6]).

Wenn daher die Gebrüder S a r a s i n aus der unter-
geordneten Stellung der Weddas schliessen wollen, dass sie
uns den Menschen in seiner Urzeit darstellen, so ist das ebenso
unrichtig, als wenn man ihre Sprache als die ursprüngliche
annehmen wollte: diese hat sich so sehr verwandelt, dass sie
fast ganz im Singhalesischen aufgegangen zu sein scheint.
Welche Gründe hat man für ein statarisches Gleichbleiben ihres
Rechts aus der Urzeit her? — ihre niedere materielle und
geistige Kultur? — aber ist niedere Kultur etwa gleich dem
Verbleib in ursprünglichen Verhältnissen? Solche Völker können
in ihrem socialen Gefüge die grössten Revolutionen durchgemacht haben — diese haben eben nicht zur Kultur geführt.
Ist jede Umwandlung gleichbedeutend mit Kulturfortschritt?
Gerade bei so erschwerten Nahrungsverhältnissen, wie sie
bei nieder entwickelten Völkern eintraten, mussten Aende-
rungen in der socialen Gliederung erstehen, und die ganze
Hypothese der Ursprünglichkeit der Weddas hängt ebenso sicher
in der Luft, wie das merkwürdige Phantasma der Gebrüder
Sarasin (S. 595), in den Weddas das Prototyp von Adam und
Eva und in den Ueberlieferungen aus der Zeit, wo sie Indien
bevölkerten, den Ursprung der Paradieseserzählung zu suchen!
Ebensogut könnte man schliessen, dass die Körperform dieser
Völker noch den ursprünglichen Menschentypus in seiner Rein-
heit zeige und wir uns Adam und Eva als Weddatypen vor-
zustellen hätten. Aber die Gestalt des Menschen und seine
Körperlichkeit kann im Laufe der Zeit auch bei Völkern ohne
nennenswerthe Kultur sich sehr verwandelt haben; dasselbe
gilt von ihrer social-rechtlichen Organisation: die Aenderung
ist eben nicht gleich Kulturfortschritt: das ist ein Satz, der
unzähligemal übersehen worden ist.

---

[6]) Darüber ausführlich die S a r a s i n, deren historische Ausführungen
aber wiederum vielfach die richtige Kritik vermissen lassen.

Im Uebrigen bieten uns die Mittheilungen der Sarasin's trotz ihrer Autopsie und ihres gelehrten Apparates [7]) zwar eine erfreuliche Bestätigung des bereits Bekannten, aber gegenüber dem in den Rechtsvergleichenden Studien S. 213 Gegebenen wenig Neues. Wir erfahren, dass die Bergweddas in einzelnen Familien zusammenleben, wobei ein Familienhaupt möglicherweise eine überwiegend faktische Stellung einnimmt (also ohne rechtlich begründetes und fixirtes Häuptlingthum und ohne nähere rechtliche Organisation der zu einem Clan, warge, vereinigten Familien) [8]); wir erfahren, dass die einzelnen Familien sich eifersüchtig die einzelnen Jagdgebiete vorbehalten [9]), dass die Ehe ohne viele Ceremonie (entweder ganz ohne Ceremonie oder unter einfacher Anbietung von Geschenken oder Begürtung mit der Lendenschnur) stattfindet [10]). Besonders bestätigt wird der von Anderen zu unrecht angezweifelte Satz, dass sie sich mit ihren Schwestern (selbst mit ihren Töchtern) verheirathen [11]).

Dagegen werden allerdings die Mittheilungen Gilling's, auf Grund deren ich ein Verstossungsrecht des Ehemanns und ein gewisses Mutterrecht annahm, beanstandet, sofern Gilling nicht nur Berg- und Dorfweddas, sondern wohl auch andere (singhalesische) Stämme mit ihnen verwechselt habe. Es wird ausgeführt, dass vielmehr die streng monogamische Ehe bis zum Tode bestehe [12]) und dass das Vaterrecht mindestens insofern gelte, als die Waffen sich vom Vater auf den Sohn vererben [13]).

---

[7]) Sie erwähnen dabei das Werk Virchow's über die Weddas, während ihnen meine Ausführungen: Rechtsvergleichende Studien S. 213 unbekannt geblieben sind.

[8]) Sarasin S. 482.   [9]) Sarasin S. 475.

[10]) Sarasin S. 460 f.

[11]) Sarasin S. 465 f.

[12]) Sarasin S. 458 f.: Ehescheidung gebe es nur bei den Dorfweddas S. 475.

[13]) Sarasin S. 490. Ausserdem soll der Vater dem Sohne bei der Verheirathung einen Theil des Jagdgrundes der Familie abtreten, was aber kaum als entscheidend in Betracht kommen kann.

Darnach wäre auch die auf Gilling gebaute Mittheilung einer Composition für Mord zu beanstanden, vielmehr würde für Mord und Ehebruch einfach Blutrache sans façon eintreten. Doch in einem Fall haben wir auch nach den Sarasin eine Art Composition. Dem warge ist nämlich der in seinem Gebiet erstehende Felsenhonig zu eigen, der von einem Mann des warge mit Gefahr geholt werden muss; ein anderer muss ihm das Seil befestigen: verunglückt nun ersterer, so muss der letztere für ihn einstehen [14]).

So weit die Sarasin.

Ich lasse nun die Beanstandung Gilling's dahingestellt und nehme volle, lebenslängliche Monogamie an — das Vaterrecht haben die Sarasin nicht bewiesen. Denn sie scheinen nicht bedacht zu haben, dass, wenn die Ehe Geschwisterehe ist, der Bruder der Mutter nothwendig eben der Vater ist, und wenn die Waffen vom Vater auf den Sohn erben, so weiss man nicht, ob der Vater hier als Vater oder als Bruder der Mutter in Betracht kommt. Und sollte diese Vererbung auch für solche Fälle, wo ausnahmsweise die Ehe keine Geschwisterehe war, nachweisbar sein, so ist begreiflich, dass eben die Regel, wonach der Onkel dem Vater äquat ist, in solchen Fällen zur Analogie geführt hat.

Im Uebrigen beweist alles das nur, dass unter der Herrschaft dieser Inzucht eine Abschliessung und Ausschliesslichkeit eintrat, kraft welcher die socialen Impulse der Menschheit erlahmten; und dass nun dem einen Mann das eine Weib zum separaten Umgang zufiel, ist um so begreiflicher, als ja nichts die Polygamie und den Frauencommunismus mehr gefördert hat, als einerseits das Holen der Frau von aussen her und andererseits der lebhafte Umgang verschiedener Familien. Die Weddas bieten das Beispiel eines Volkes, das durch Abschliessung der Familie und Endogamie seine socialen Instinkte ziemlich eingebüsst hat und daher unfähig wurde, zu einer

---

[14]) Sarasin S. 490.

entwickelteren Kulturform aufzusteigen. Von einem Urbild der
Urzeit unseres Geschlechts kann keine Rede sein; die Menschheit wäre armselig, wenn sie diesen Ursprung gehabt hätte.
Roh, wild, ungebändigt mag der Mensch gewesen sein; aber
er hatte eine Fülle von Schöpferkraft und eine Fülle socialer
Beziehungen in sich, die ihn befähigten, unter Abstreifung der
rauhen Schale 'den reichen Kern zu entfalten. Nicht dasjenige
Volk, das ursprünglich in streng abgeschlossenen Paaren lebt,
ist bestimmt, künftig die Welt zu beherrschen. Und mag uns das
Bild einer lebenstreuen Monogamie der Weddas anziehender sein,
als ein Frauencommunismus, so muss man dabei wohl erwägen,
dass in kultivirten Zeiten, neben der monogamischen Abschliessung
der Familien, eine Ueberfülle sonstiger socialer Einrichtungen
und Beeinflussungen unsere Menschheit zusammenhält, während
in Urzeiten eben gerade die communistischen Verhältnisse im
ehelichen Umgang zum ständigen Verkehr und ständigen Ge-
dankenaustausch führen mussten. Für die Weltgeschichte
kommt aber nicht, was uns als Einzelbild, herausgenommen
aus dem Ganzen, anziehend oder abstossend erscheint, in
Betracht, sondern was in der Entwickelung der Geschlechter
förderlich gewirkt hat.

§ 4.

Unter anderem Zeichen steht das bereits erwähnte Werk
zu Westermarck. Es geht nicht von einem einzigen Volke
aus, sondern sucht allüberall auf der Erde die Materialien zur
Lösung der Frage der Urfamilie. Allein die fleissige Sammlung des Materials macht nicht den Forscher; und nicht jede
beliebige Anreihung kann uns fördern, sondern nur eine
methodische Verarbeitung. Aber in dieser Hinsicht fehlt
Westermarck von Anfang bis zu Ende, und sein Werk ist darum
nur als Materialsammlung bedeutsam.

Die Morgan'schen Schlussfolgerungen aus der klassificatori-
schen Verwandtschaft werde damit abgethan, dass die Ver-
wandtschaftsausdrücke nicht auf Blutsverwandtschaft, sondern

auf andere Beziehungen, insbesondere auf die ältere oder jüngere Serie der in einem Stamm verbundenen Personen beruhten. Dabei wird im höchsten Missverständniss (p. 89) hervorgehoben, dass nur die Unsicherheit der Vaterschaft zur Bezeichnung mehrerer Männer als Vater geführt haben könne, dies aber bei einer Mehrheit von Frauen als Müttern nicht zuträfe — als ob die Unsicherheit der Vaterabstammung zur klassifikatorischen Verwandtschaft Anlass gegeben hätte und nicht vielmehr der Gedanke der Gruppenehe, d. h. der Ehe der Gruppen (statt der Individuen)! Dabei werden unmethodisch eine Reihe von Völkern zusammengewürfelt, bei denen die Verwandtschaft so oder anders bezeichnet wird.

In der That zeigt aber ein methodisches Studium der Morgan'schen Tafeln und ein Studium der von Dorsey für die Omaha gegebenen Nachweise aufs Klarste, dass alle diese Verwandtschaftsformen nur aus dem Gruppenehegedanken entspringen konnten. Dafür haben wir in der Omaha- und Choktaform die deutlichsten Beweise, da hier die besondere Art der Gruppenehe zu einem System einer ebenso complicirten als streng logisch entwickelten Verwandtschaftsbenennung geführt hat, bei dem durchaus nicht Alter und Jugend, sondern die durch jene besondere Weise des Ehebands veranlassten Beziehungen massgebend gewesen sind. Und die Betrachtung dieses Materials ergibt weiter, dass auch in der Schwägerschaft das Gleiche streng eingehalten ist. Ich verweise nur auf die grundverschiedene Benennungsweise der Cousins bei der Omaha- und bei der Choktaverwandtschaft und auf die unglaubliche Consequenz, mit der hier die feinsten Folgerungen gezogen sind. Der Nachweis wird im Folgenden gegeben (S. 82 f. 93 f. 106 f.), ein weiteres würde unserer späteren Darstellung vorgreifen [15]).

Und die Behauptung, dass ein Wilder, der nicht seine

---

[15]) Was aber die mehrfache Bedeutung von nepos betrifft, so ist die Sache nicht so einfach, wie der Verfasser (p. 96) annimmt. Ueber den Bedeutungswechsel von nepos vgl. Bachofen, Antiquarische Briefe II S. 91 f.

fünf Finger zählen kann, doch nicht in der Lage sein könne,
so complicirte Verwandtschaftsformen aus einander zu halten
(S. 89), lässt ebenfalls jede wissenschaftliche Grundlage vermissen.
Das Zählen ist eine ganz andere Funktion, als die Ausscheidung
der Verwandtschaft, und Völker, die nicht auf fünf zählen
können, haben die complicirtesten Verwandtschaftssysteme im
Kopfe. Kennen solche Völker doch auch in ihrer Sprache einen
ziemlich grossen Wortvorrath, haben sie doch ihre Partikel
und Suffixe, die sie mit der grössten Sicherheit fehlerlos anwenden! Haben sie doch dabei die feinsten Regeln der Assi-
milation, Verbindung und Abstossung! Haben sie doch auch
einen reichen Schatz von Sagen und Märchen! Unterscheiden
sie doch, soweit sie es bedürfen, Pflanzen und Thiere ganz
genau! Dass sie nicht zählen, beruht darauf, dass sie es in
Ermangelung des Geldes nicht bedürfen und darum nicht gelernt haben: das Zählen setzt eine Abstraktion voraus, deren
ihr Leben entbehren kann. Wenn aber diese Völker in der
Idee der Gruppenverheirathung leben, so werden sie die Begriffe Onkel, Neffe, Schwager, Schwiegersohn in dieser gruppen-
ehelichen Weise ebenso richtig anwenden, wie sie es in der
individualehelichen Weise thäten, wenn ihre Ehe Individual-
ehe wäre. Steht dem Wilden fest, dass der Mann mit dem
Weib, dessen Schwester, Nichte und Tante eine Familie bil-
deten, so wird sich ihm von selbst ergeben, dass der Cousin
bald Bruder, bald Neffe, bald Onkel, bald Sohn ist, und die
Complikation besteht nur für uns, die wir uns aus der individualehelichen Verwandtschaft in eine ganz andere Welt der
Verwandtschaft hineindenken sollen; ebenso wie wenn wir
etwa in Gegenden kämen, wo die drei localen Dimensionen
verschoben wären und wir unsere Dimensionsbegriffe umdenken
müssten: uns würde das die grösste Schwierigkeit machen,
während ein dort eingeborenes Volk sich daselbst ebenso leicht
zurechtfinden würde, wie unsere Wilden in unseren drei Dimensionen. Und wenn wir plötzlich in die Kleinheit der Ameisen
verwandelt würden, so bedürften wir lange Zeit, um uns in

dieser kleinen Raumdimension so zurechtzufinden, wie es die
Ameisen thun, die wir beim Spaziergang zertreten. In gleicher Art ist des Verfassers Behandlung der Mutter-
rechtsfrage. Was will es heissen, wenn S. 98 ff. eine Menge
Völker neben einander gestellt sind, die Vater-, und die Mutterrecht haben. Damit sind wir bezüglich der Frage des prius und
posterius· um keine Linie gefördert. Es kommt vielmehr darauf
an, bei den einzelnen Völkern die Entwickelung zu studiren, ob
die Bildung des Vaterrechts das spätere gewesen ist; was ja bei
einer Reihe von Völkern hat nachgewiesen werden können. Sodann hängt das Vaterrecht vielfach mit der besonderen
Art der Eheform zusammen, wie dies bei den Malaien und
Afrikanegern ohne weiteres erhellt. Ohne die Berücksichtigung
all dieser Umstände lässt die ganze Frage keine wissenschaftliche Lösung zu und hat die Zusammenstellung solcher Daten
bloss den Werth der Zusammenstellung.

In diesem Sinne aber ist das ganze Westermarck'sche
Werk gearbeitet, und es bedarf keiner Ausführung, wenn wir
es nur als Materialsammlung würdigen.

§ 5.

Einen neuen Weg der Construktion der Urgeschichte
schlägt Mucke ein in seinem Werk über Horde und Familie
(Stuttgart 1895); und fürwahr, wir müssten staunen über
die Fülle neuer Beleuchtungen, die es uns gibt, — wenn das
Alles nur annähernd richtig wäre! Hiergegen sollen ja die
Versuche der ethnologischen Jurisprudenz als ungeheuerliche
Verirrungen völlig zurücktreten, denn wir sind alle den Irr-
pfad gewandelt: Morgan, Bachofen, Post, zuletzt ich haben
nach falschen Methoden gearbeitet und unwissenschaftlich aus
unverarbeiteten Beobachtungen wilde Spekulationsgebilde in
die Welt gesetzt!

Sehen wir zu, was der Verfasser bietet. Der Familie ging nach dem in die Tiefen des grauen
Alterthums dringenden Forscher die Horde voraus, ein fest ge-

ordneter, geregelter Verband, keine Rechts-, eine Naturordnung, so etwa wie ein Bienenstaat, eine Naturordnung vor der Erkenntniss, also eine Art Paradies ohne Sünde. Hier lagerte die Horde in der Form eines Schiffes nach dem Grundsatz: Gleich und gleich gesellt sich gern: die Frauen auf der einen, die Männer auf der anderen Seite, und hier wieder die verschiedenen Altersstufen: die Knaben, nachdem sie entwöhnt, in den einen, die Männer in den anderen, die Greise wieder in anderen Kammern, und so bei den Frauen analog. Was brauchen auch Männer und Weiber zusammenzuwohnen? die Verbindung erfolgte nur zu gewisser Jahreszeit, also etwa im Frühjahr, und zwar coram publico.

Mit Erreichung einer bestimmten Altersstufe kamen die Knaben in die männliche, die Männer in die Greisenkammer, und diese Ueberleitungen wurden mit gewissen Ceremonien verbunden; daher insbesondere die Jünglingsweihe mit der häufigen Beschneidung (die wohl von selbst zum Fasten, zu zeitweiser Entfernung aus der Gemeinschaft und zu den obligaten Prügeln führte, wenn der Widerspenstige sich nicht fügte).

Damit erklärt sich natürlich ganz von selbst das klassifikatorische System der Verwandtschaft, wornach der Ego alle Männer der einen Kammer Väter, die Kinder der anderen Kammer Söhne oder Töchter nennt, und alles, was seit Morgan über etwaige Gruppenehe angenommen worden ist, bedeutet nichts als phantastische Speculation.

Im Gegentheil, es ergibt sich alles sehr einfach aus localen Betrachtungen, bis auf die Sympathien der Hordenmitglieder, die zu- und abnahmen nach dem Grade der räumlichen Entfernung [16]). Ja, wir haben alle die Bedeutung des Raumes nicht erfasst!

Die Heirath machte sich wie von selbst; kraft sicherer psychologischer Gesetze musste die Ehe monogamisch sein, und zwar Geschwisterehe: der Bruder heirathete von selbst

---

[16]) S. 55.

die Schwester, das war eine bestimmte Naturordnung; wobei
wir wohl annehmen müssen, dass Knaben und Mädchen regel-
recht hintereinander geboren wurden. Diese schöne Ordnung der Dinge wurde nun gestört durch
den Menschenraub. Man raubte eine Frau — aber beleibe
nicht zu sexuellen Zwecken, sondern um sie als Arbeitssclavin
zu verwenden; mitunter ging die Sache aber schief, und der
Frauenräuber wurde selbst gefangen und in der Horde, der
er zu Leid thun wollte, gefänglich eingezogen. Solche Sclaven,
die der Verfasser in seiner neuen Terminologie als famels bezeichnet, bekamen neben der Horde ihre besondere Ansiedelung (rund, nicht schiffsförmig); sie dienten der Horde als
Arbeitsmittel, und die Sache wäre wieder in Ordnung gewesen, wenn sich nicht allmählig geschlechtliche Unregelmässigkeiten eingestellt hätten: nicht als ob eigentlich der
Frauenräuber von Anfang an mit der Frau Umgang gehabt
hätte; aber allmählig kam solches eben doch vor (wie es ebcn
so geht), und so entstand eine besondere Gemeinschaft, wobei
die geraubte Frau mit ihren Kindern zusammenlebte; und da
sie es im Leben recht streng hatte und bei der Arbeit ihre
Kinder auf dem Rücken trug, so vermuthet der Verfasser, recht
problematisch, aber sehr scharfsinnig, dass sich hierbei die
Kinder als Brachycephalen entwickelt haben (S. 113 f. 191).

Wie sich durch solche famels neben der Horde die
Familie bildetc und allmählig die Horde zersetzte, ist beim
Verfasser nachzulesen. Nur hat er leider die Darstellung
der Evolution nicht ins Einzelne gegeben, und die Geschichte
der Clanschaft bis zur heutigen Familie ist mehr angedeutet,
als ausgcführt.

Diesen grandiosen Entwickelungsprocess weiss der Verfasser durch eine Reihe einleuchtender sprachlicher Ableitungen
erweislich zu machen, die wir der Beherzigung unserer Philo-
logen anempfehlen; denn in diesen Dingen muss der Philologe
mit dem Ethnologen zusammengehen.

Verwandtschaft hängt zusammen mit Wand und Verwandte sind die örtlich Umwandeten; und ebenso Geburt mit bûr (Bauer) und dem angelsächsischen búr in der Bedeutung von Wohnung, Kammer [17]); Horde, orta, orda mit dem lateinischen ordo und dem deutschen ort [18]).

Ja, dasselbe Wort zeigt sich auch im Ausdruck „Ordal": Ordal (Urtel, Urtheil) war ursprünglich der Hordenspruch. Der Zusammenhalt mit dem Gottesurtheil beruht auf späterer christlicher Anschauung, und hierbei ging die ursprüngliche Bedeutung verloren, so dass selbst ein J. Grimm den Ausdruck irrig aufs Angelsächsische zurückleitet [19]).

Also Horde, Ort, Erde, Ordal — entsprechend eine locale Lagerung und Ordnung menschlicher Gemeinschaften!

Auch noch in den Worten anderer Sprachen findet der Verfasser Belege für seine Anschauung. Heisst im hawaiischen ka-na mein Mann und ma-ku-a-hu-na-hai mein Schwiegervater; warum diese langgestreckten Namen? sie sind „lautliche Hinweisungen auf die Nähe oder Entfernung des Wohnraums aus dem Standorte des Sprechers" [20]), so wie ein Wilder, wenn er sagen will, dass Jemand recht ferne wohnt, ein ah-ah-a-a-a-a-a schreit [21]).

Damit ist die etymologische Liste nicht zu Ende.

So stehn im Gegensatz zum Clan (daher clandestinus) die eteri (ceteri) aus e und ter (ter in pater, mater, terra); und wenn wir bisher das indische varna „Kaste" als Farbe gedeutet haben, so werden wir belehrt, dass varna, verna von ves-na kommt: ves oder vas = wohnen, daher vester. So stammt von pur = Umwallung und von cast = Wohnlagerung das purus und castus [22]), und das Wort Geschlecht (slahta) ist

---

[17]) S. 18.
[18]) S. 40, 41. Auch einen Zusammenhang von orda und Erde scheint der Verfasser anzunehmen S. 168.
[19]) S. 104, 105.
[20]) S. 25.
[21]) S. 26.
[22]) S. 243—245.

gleichfalls ursprünglich local, es stammt von Schlag im Sinne von Verschlag [23]). Und so auch Schlacht: denn wie ein Scharmützel ein Gefecht zwischen mehreren Schaaren, so eine Schlacht ein Kampf unter mehreren slahtas [24]).

Diesen überzeugenden sprachlichen Beweisen treten nicht minder bedeutsame psychologische Darlegungen zur Seite.

Die Geschlechtsverbindungen waren früher monogamisch, das Weib war ursprünglich dem Manne festbestimmt; wie hätte der Urmensch den Reiz der Abwechslung haben können? Dazu gehört combinatorische Phantasie, und diese fehlte ihm [25]). Es ist sehr unwahrscheinlich, „dass der Urmensch durch contemplative Vorstellungen zu der Ueberzeugung gelangt sein sollte, dass ein zweites und drittes Weib ihm heute dasselbe Lustgefühl verschaffen könne, das ihm gestern ein erstes Weib verursachte" [26]) — nein, er musste den Drang in sich fühlen, sich zu der Frau zu gesellen, mit der er sich früher verbunden hatte; mithin war der Umgang dauernd monogamisch. Diese Erörterung bestätigt vollkommen unsere Ueberzeugung von der reichen combinatorischen Phantasie des Kater Murr, der auf den Dächern nach Abwechslung sucht, oder des Jagdhundes, der die Analogie vom einen Wildindividuum zum anderen zu erfassen vermag — — — —

So wird aus psychologischen Analysen heraus widerlegt, dass die Horde auf blutsverwandten Grundlagen entstanden sei. Wir waren bis jetzt im Irrthum zu glauben, dass die Völker von jeher das Kind mit der Mutter verknüpften, die das Kind trug, gebar und zum Ueberfluss etwa 2—3 Jahre säugte, und wir irrten natürlich auch, wenn wir auf dieser Grundlage den Mutterkultus und den Kultus des Nabelstrangs erklärten. Denn „es ist ein himmelweiter Unterschied zwischen der Anschauung, dass ein Kind aus dem leiblichen Mutter-

---

[23]) S. 199.
[24]) S. 199.
[25]) S. 57.
[26]) S. 59.

schooss hervorgehe, und der Erkenntniss, dass·man selbst einer
bestimmten Mutter sein Dasein verdanke" [27]).

Wir haben ja alle übersehen, dass die Abstammung von
der eigenen Mutter nicht durch unsere eigene, sondern nur
durch die Beobachtungen Dritter festgestellt werden kann; und
nun gar der physiologische Zusammenhang mit der Mutter!
wie hätte der Urmensch solche wissenschaftliche Probleme
lösen können? Und umgekehrt, wenn die Zusammengehörigkeit mit der Mutter sich auf den ersten Blick verräth, wie
kommt es, dass der Mutterkult, der Mysticismus, mit einer so
einfachen Thatsache verbunden ist? [28]).

Ueberhaupt ist ja das Blut ein so geheimnissvoller Saft,
dass der Blutszusammenhang nicht die Grundlage der ursprünglichen Verbände gewesen sein kann [29]), woraus man von
selbst zu des Verfassers Annahme gelangt, dass die ersten Ver-
wandtschaften Raumverwandtschaften waren. Damit lösen sich
die verwickeltsten Probleme mit grösster Einfachheit [30]).

So wird psychologisch widerlegt, dass Gewalt ein in der
Urzeit massgebender Faktor war; denn die Gewalt „beruht auf
Machtgefühl, welches kein elementares Gefühl ist und bereits
Vorstellungen von der Zukunft voraussetzt" [31]); der Urmensch
aber hatte noch nicht die Vorstellung der Zukunft, die sich
erst später entwickelte [32]) — — —.

Wozu wir in unseres Herzens Bescheidenheit beifügen,
dass also der intelligente Haushund, der seinen Herrn fürchtet
und das abgerichtete Thier, das eben durch das Gefühl
kommender Lust oder Unlust zu Handlungen gebracht wird,
eine gewaltige Stufe über dem Urmenschen steht: dieser soll
keine Furcht gekannt haben, er ist also der Knabe, der das

---

[27]) S. 167.
[28]) S. 167.
[29]) S. 21.
[30]) S. 21.
[31]) S. 299.
[32]) S. 110.

Fürchten nicht lernen konnte, wie ja denn auch der Verfasser
beifügt, dass die Kinder das Fürchten verhältnissmässig spät
lernen, denn wenn sie „Angst" empfinden, so sei dies etwas
Anderes [33]).

So wird uns auch überzeugend dargethan, dass der Frauen-
raub ursprünglich keinen sexuellen Zweck gehabt haben kann,
ursprünglich sogar sich der Ueberwältiger von der Sclavin
fernhielt: „dazu war die sinnliche Seele gar nicht reif und
befähigt, weil zur Begattungslust die Empfindung der Gleichheit gehört, die sich bei zwei ursprünglich ungleichen Wesen
nur durch Abstraktion gewinnen lässt, indem der Ueberragende
sein Uebergeordnetsein unterdrückt" [34]). Natürlich! die böse
Abstraktion! Sie hat alle jene sexuellen Unregelmässigkeiten
auf dem Gewissen.

Und so wird auch aus den psychologischen Beobachtungen
über Lust und Schmerz bei primitiven Menschen gefolgert,
dass die Geschlechtlichkeit eine sehr geringe gewesen sei, so
dass die periodischen Geschlechterfeste dem Menschen vollkommen genügten [35]); und wenn wir an die furchtbare sinnliche Kraft in den Tänzen der sog. Naturvölker erinnern, so
müssen wir uns wohl vergegenwärtigen, dass diese sinnliche
Kraft unserer Menschheit erst in späteren Stadien angeflogen ist.

Wenn ferner Westermarck die Ansicht aufgestellt
hat, dass die Beschneidung wie die Tättowirung ursprünglich
ornamentalen Charakter gehabt habe, so weist dies der Verfasser durch folgende psychologische Erörterung zurück: eine
solche ornamentale Zier hätte doch nur dann Bedeutung gehabt, wenn bloss ein oder das andere Individuum sie angenommen hätte; wenn aber alle, wo liegt dann der Reiz,
den man durch Zierrath erreichen will? [36]) — eine sehr beweis-
kräftige Deduktion, die heutzutage gegenüber den Stutzer-

[33]) S. 299.
[34]) S. 118.
[35]) S. 111.
[36]) S. 78.

bestrebungen der Männer und der Modesucht der Damen noch
einen grossen civilisatorischen Erfolg haben mag.

Aber auch auf philosophisch deduktivem Wege wird uns
verschiedenes nachgewiesen, was wir übersehen haben, — zu
unserem Verderben: denn die blosse Beobachtung kann natürlich zu nichts führen, wenn man sie nicht geistig verarbeitet;
und verarbeitet man sie falsch, so entstehen eben unsere wilden
Hypothesen.

Im Anfang muss Ordnung, keine Unordnung geherrscht
haben; denn wie konnte aus Unordnung Ordnung werden?
Der Urmensch konnte doch nichts gestalten, was er nicht
sinnlich sah; also muss er die Ordnung gesehen haben, und
das war eben die sinnlich sichtbare Ordnung der orda. Hätte
die Menschheit in Gruppenehe gelebt, sie wäre verwildert
und hätte sich nicht zur Kulturreife emporringen können[37]);
und wenn wir die Entgegnung auf der Zunge haben, dass ja
doch stufenweise in ständiger Modifikation das Ungeregelte
zur Regel wird, und dass die Wildheit und Sinnlichkeit der
Jugend bei den unerschöpflichen Fonds von Kraft, die in der
Menschheit ruhen, ihr die Möglichkeit der künftigen ge-
schlossenen Kultur nicht abschnitt, so wollen wir unseren speku-
lativen Irrthum unterdrücken, um nicht noch weiter in das
Unheil zu gerathen. Und ebenso wollen wir nur noch weiter
constatiren, dass der Verfasser die Gruppenehe für unmöglich
erklärt; denn wie wäre der Mensch von der Gruppenehe zur
Einzelehe gelangt? Aus welcher Erkenntnissquelle wäre der
Menschheit die Erfahrung geworden, um zu letzterer aufzusteigen? Aus äusserer Erfahrung? Diese fehlte, denn es
fehlte das Objekt der sinnlichen Anschauung. Aus innerer
Erfahrung? Aber der hätte die äussere vorhergehen müssen.
Hätte die Gruppenehe bestanden, sie hätte von ewiger Dauer
sein müssen[38]). Probatum est.

---

[37]) S. 35.
[38]) S. 63. 64.

Ebenso constatiren wir weiter, dass es ein Irrthum ist,
wenn wir annahmen, die bei manchen Völkern vorkommende
Destination des einen Kindes für das andere zu künftiger
Ehe sei das Resultat späterer Entwickelung; dies widerspräche
ja dem Entwickelungsgesetz, das vom Unbewussten zum Be-
wussten, von der Nothwendigkeit zur Freiheit fortschreite[39]).
Natürlich, sämmtliche Zwangsanstalten der Menschheit
sind ursprünglich, der Wald ist jetzt freier als je, und der
Pilz- und Beerenparagraph stammt aus der Urzeit.

Da der Verfasser auf so einleuchtende Basis sein Ge-
bäude errichtet, genügt ihm natürlich ein verhältnissmässig
kleines Beobachtungsmaterial; und wie sollten wir es als einen
Fehler betrachten, dass er es etwas wild durcheinander mengt?
gelingt es ihm doch mit seiner Methode, die Beobachtungen
der Quellen zu corrigiren und nachzuweisen, dass in sehr
wichtigen Punkten Beobachtungsfehler vorliegen müssen.

Auf den ersten Blick droht ja die Theorie des Verfassers an
einer einzigen Thatsache Schiffbruch zu leiden, an der Thatsache
des durchgängigen Verbotes, innerhalb des Totems zu heirathen;
nichts scheint sicherer bezeugt, als dieses Verbot bei den
Rothhäuten, wie bei den Australnegern. Aber da müssen
Beobachtungsfehler vorliegen, oder es müssen dies secundäre
Erscheinungen sein, daher rührend, dass die geregelte Ordnung
der Bruder- und Schwesterreihe aus einander kam[40]). So
wird die Darstellung Howitt's corrigirt, der bei einem Austral-
stamm ausdrücklich erklärt, dass die Ehe innerhalb des Totems
verboten sei, weil die Totemgenossen aus demselben Blut
stammen: im Gegentheil, der ganze Sachverhalt ergebe, dass
die dort geschilderte sogen. Noaehe eine Hordenehe, also eine
Verwandtschaftsehe sei[41]). Ebenso wird Kubary's Schilderung aus den Mortlocksinseln einer Berichtigung unterworfen.

---

[39]) S. 58.
[40]) S. 102.
[41]) S. 146.

Kubary sagt so sicher als möglich, dass eine geschlechtliche Vermischung innerhalb desselben Stammes als Blutschande behandelt und sofort gerächt würde; unter Rache versteht er natürlich eine Bestrafung aus dem Volke heraus, denn Blutschande gilt bei solchen Völkern als sofort zu sühnender Gräuel. Daraus entwickelt sich auf den Mortlock- wie auf den Pelauinseln der Satz: die Frauen heirathen nicht in den eigenen Stamm, sondern in einen fremden; sie können sich auch als armengols zeitweise einem fremden Stamme preisgeben. Der Verfasser corrigirt Kubary zunächst dahin, dass innerhalb des Stammes keine Rache möglich sei; dann sei auf diesen Inseln, wo die Hordenverfassung bestehe, eine solche Abweichung von dem Hordenprincip nicht wohl anzunehmen; die armengols sollen famels, also geraubte oder gekaufte Frauen sein; im übrigen muss man die Kritik des Verfassers, der in der Darstellung Kubary's dunkle Punkte findet, obgleich er sie nur aus dem Auszug im Ausland B. 53 benützt, auf S. 283 ff. selbst nachlesen.

So hatte auch ich aus Buch's Mittheilungen über die Wotjäken entnommen, dass die ledigen Mädchen dort in einer Art von Communismus leben und es ihnen als Glück erscheine, recht viele uneheliche Kinder zu haben, und ich hatte dies um so mehr angenommen, als Buch nicht etwa ein flüchtiger Reisender war, sondern drei Jahre mitten unter den Wotjäken als Arzt gelebt hat, und auf S. 45 seines Werkes ausdrücklich sagt: „Mädchen und Burschen verkehren miteinander durchaus zwangslos und die sogen. Keuschheit setzt der Liebe keine Schranken"; dazu erwähnt er ein Sprichwort: „liebt der Bauer nicht, liebt auch Gott nicht"; er erwähnt ferner, dass er auch von russischen Bauern in Wotjäkendörfern Schilderungen gehört; dass ein Gewährsmann ihm von einem Heirathsspiel unter Mädchen und Burschen erzählte, wobei die Paare in geschlechtliche Ausgelassenheit übergehen; er erwähnt einen Fall, wo ein Wotjäkenmädchen von einem russischen Offizier ein Kind bekam und daraufhin von vielen Freiern umworben wurde,

und setzt hinzu: „solche Beispiele könnte ich viele aufzählen".
Wenn ich nun daraus auf eine Art vorehelichen Communismus
schliesse, werde ich vom Verfasser streng zurechtgewiesen;
habe ein Mädchen ein voreheliches Kind geboren, so sei
damit noch nicht gesagt, dass sie mit mehr als einem, und
insbesondere nicht mit einem andern als dem künftigen Mann
Umgang gehabt habe; es handle sich um Aufschneidereien,
die man sich in animirter Stimmung erzählen lasse: wie kann
der Reisende dem Mädchen Monate und Jahre lang auf Schritt
und Tritt folgen. „Weder ein Jurist, noch ein Statistiker
sollte solche Muthmassungen Reisender für Thatsachen an-
sehen⁴²)!"

Damit kann ich die Kritik schliessen. Es bedarf keiner
Rechtfertigung, dass ich dieses Werk künftig ausser Berücksichtigung lasse, dem jede Methode fehlt: die historische
wie die juristische, wie die psychologische und phisolophische;
das zum Beobachtungsmaterial in solches Verhältniss tritt;
das auf diese Weise zu unhaltbaren Phantasien führt und
auch nicht einmal den Werth eines fördernden Irrthums beanspruchen darf.

II.

Totemismus und Mutterrecht.

§ 1.

Der Totemglaube gehört zu den bildendsten, lebensvollsten
religiösen Trieben der Menschheit. In dem Totemismus liegt
die künftige Familien- und Staatenbildung im Keime.

Daher die ungemeine Belehrung, die wir für die Geschichte der Menschheit den Rothäuten verdanken, bei denen
sich der Glaube am lebhaftesten erhalten hat. Nirgends ist
diese universelle Einrichtung so plastisch durchgeführt, wie

---

⁴²) S. 142.

bei den Indianern bis tief in den Norden hin[43]); nur im Westen ist die Einrichtung zerfallen[44]).

Die Stämme zerfallen in bestimmte Totems, welche an die Abstammung von einem Thiere glauben, wesshalb sie das Thier nicht töten, ja nicht berühren dürfen; ihre kosmogonischen Sagen weisen auf solche Abstammung hin, und nach ihrem Tod kehren sie in diese Gestalt zurück; auch die Personalnamen innerhalb des Totems werden vielfach den Eigenschaften und Thätigkeiten der Thiere entlehnt.

Entsprechend ist auch die Haartracht und der Schmuck oftmals dem betreffenden Thiere entlehnt, und bei der Tättowirung bedient man sich des Totems als Stammwappens; in den Tänzen ahmen sie das Thier nach, sie mummen sich in die Form des Thiers, und Gesichtsmaske wie Körpermaske entstammt solchem Nachahmungstrieb; die älteste Kunst der Thiermalerei und die ältesten dramatischen Spiele als Thierspiele gehen auf den uralten geheiligten Totemismus zurück[45]).

Dahin gehört auch die Pflanzenehe. Ich habe diese mehrfach im indischen Rechte dargethan[46]); damals habe ich das Institut als tendenziöse Bildung zur Erreichung gewisser Zwecke dargestellt: das ist es zweifellos in der Folge geworden, aber die Melusinenstudien überzeugten mich, dass diesen Gebräuchen ein naiver Glaube zu Grunde liegt: der Mensch verbindet sich mit dem in der Pflanze oder dem Thiere, oder auch dem Geräthe, enthaltenen Geist.

Sie findet sich daher auch in Amerika in der Art der

---

[43]) Vgl. auch Parkman, Jesuits p. LI; Schoolcraft, Hist. of the Indian tribes II p. 49; Frazer, Totemism p. 2 f.

[44]) Ueber den Totemismus in Central- und Südamerika ist hier nicht zu handeln. Es genügt, einstweilen auf die Geajiros, Zeitschr. VII S. 381 f. und die Arawaken (Ernst, Verhandlungen der Berliner Anthropol. Gesellschaft 1887 S. 439 f.) hinzuweisen.

[45]) Vgl. auch meine Schrift über den Ursprung der Melusinensage S. 37 f.

[46]) Zeitschr. IX S. 331; X S. 119.

Vermählung von Jungfrauen mit dem Geist des Fischernetzes, das zwischen die Bräute gelegt wurde; so bei den Huronen[47]).

§ 2.

Der grosse Reichthum in der Entwickelung des Institutes lässt sich am besten aus der praktischen Gestaltung bei den einzelnen Stämmen erkennen, wovon wir Folgendes geben[48]):

Die Wyandot haben 11 Totems:

Hirsch, Bär, Falke, Biber, Wolf, Seeschlange, Stachelschwein und 4 Species Schildkröten[49]).

Jeder Totem hat seine bestimmte Art der Gesichtsbemalung und des Schmuckes[50]) und einen bestimmten Kultus des Totemthieres[51]).

Mehrere Totems bilden wieder besondere Freundschaftsverbände[52]); so einigen sich diese 11 Totems zu 4 Verbänden; der Verband hat Bedeutung im Kultus und bei Festlichkeiten[53]).

Die Personennamen sind den Eigenschaften, Gewohnheiten, Thätigkeiten des Thieres entlehnt[54]); sie werden jedes Jahr den im vorigen Jahre geborenen Kindern vom Totem selbst verliehen[55]).

Soweit die Wyandot.

Die Irokesen in ihren 6 Stämmen (den Mohawks, Seneca, Onondaga, Cayuga, Oneida, Tuscarora) haben 9 Totems:

---

[47]) Parkman, Jesuits p. LXIX.

[48]) Weitere Nachweise bei Waitz III S. 120; Morgan, Ancient Society p. 151 f. und Frazer p. 3 f., 11 f., 25 f.

[49]) Powell, 1 Annual Report p. 59. Vgl. auch über die Huronen überhaupt Hale p. 55: sie hatten Hirsch-, Habicht- und Schlangentotem.

[50]) Powell, 1 Report p. 64.

[51]) Powell p. 65.

[52]) Powell p. 60.

[53]) Powell p. 60. 65.

[54]) Powell p. 60.

[55]) Powell p. 64.

Wolf, Bär, Schildkröte, Biber, Hirsch, Schnepfe, Reiher, Aal, Habicht[56]); wovon sich aber einige Totems in Untertotems getheilt haben.

Nicht mehr bei sämmtlichen Stämmen sind alle diese Totems vertreten: die Senecas haben 8, ebenso die Cayuga und Onondaga, scheinbar auch die Tuscarora, wobei aber der Wolf in den grauen und gelben Wolf, die Schildkröte in die grosse und kleine sich verzweigt hat. Dagegen sind bei den Oneida und Mohawks nur je 3 Totems vorhanden[57]).

Auch hier stehen die Geschlechter theilweise wieder zu einander in einem bündlichen Verhältnisse: Brudertotems; es sind Totems, die von einem ursprünglichen Totem durch Verzweigung entstanden zu sein scheinen. So bei den Senecas Wolf, Bär, Biber und Schildkröte einerseits, Hirsch, Schnepfe, Reiher und Aal anderseits[58]).

Bei den Nachkommen der Mohawk, den S. Regis-Indianern an der kanadischen Grenze, finden sich heute noch die Totems Wolf, Bär, Schildkröte, Regenvogel[59]).

Ebenso hatten die Delaware (Lenape[60]) und die Mohikaner den Totem der Schildkröte, des Welschenhahns und des Wolfes; die Pottawattami kannten 15, die Ojibwä gar 23 Totems[60a]).

So hatte auch bei den Irokesen und Delaware die Gesichtsbemalung eine totemistische Beziehung[61]).

---

[56]) Morgan in den Contributions to North American Ethnology IV p. 7. Vgl. auch Parkman, Jesuits p. LV, der aus älterer Zeit noch einen Totem Kartoffel beifügt. Dass sich mit der Zeit manches geändert hat, darüber Beauchamp, Americ. Antiquar. VIII p. 83 f.

[57]) Morgan, Contributions p. 7 und 55; Schoolcraft, Iroquois p. 69. 128; Hale p. 53; Parkman, Jesuits p. 302. Vgl. auch noch Catlin II p. 103 f.; Colden p. 1.

[58]) Morgan, Contributions p. 10; League p. 79.

[59]) Report on Indians, XI Census (1890) p. 475.

[60]) Heckewelder S. 434.

[60a]) Morgan, Anc. Soc. p. 167. 166.

[61]) Loskiel S. 64. Vgl. auch Heckewelder S. 429 f.

So auch die Thiertänze:

so wird der Bärentanz der Irokesen bereits in einem Jesuitenbericht von 1676 erwähnt:

le 3° festin fut une mascarade de gens habillez en ours qui dansoient d'une manière assez surprenante[62]).

Ebenso berichtet Loskiel von den Delaware und Irokesen, dass sie Feste feierten, wo alte Männer oder Weiber sich in Hirschhäute hüllten[63]).

Und ebenso erfahren wir, dass sie sich der Tötung der Totemthiere enthielten und von ihnen abzustammen glaubten[64]).

So auch die Attiguatan, deren Tänze schon Champlain[65]) schildert: en dançants, ayants chacune une peau d'ours ou d'autres bestes sur la teste, mais celle d'ours est la plus ordinaire.

Besonders eingehende Nachweise haben wir von der Totemverfassung der Omaha in der höchst verdienstlichen Arbeit von Dorsey[66]).

Die eigentlichen Omaha bilden 10 Totems, die Totems theilen sich in Untertotems.

Die 10 Totems sind:

Elch (Wejicte),
Schwarzschulderbuffalo (Inke-Sabe),
Hangabuffalo (Hanga),
Catada bestehend
    aus den Wasabe-hitaji (Schwarzbär),
    Wajinga Cataji (Kleinvogel),
    Tepaitaji (Adler),
    Kei (Schildkröte);

---

[62]) Relation de ce qui s'est passé de plus remarquable aux missions des peres de la compagnie de Jesus en la Nouvelle France ès années 1676—1677 (Quebec).

[63]) Loskiel S. 55.

[64]) Heckewelder S. 429 f.; Dwight IV p. 196.

[65]) Champlain I p. 387.

[66]) 3 Annual Report of the Bureau of Ethnology p. 211 f.

Sodann:

> Kaze (Grüne Kreide).
> Macinka-gache (Wolf),
> Tesinde (Buffaloschweif),
> Tapa (Hirschkopf),
> Ingce-jide (Buffalokalb),
> Ictasanda (Reptil).

Davon bilden die ersten 5 eine Gemeinschaft (Hangacenu) und die zweiten 5 eine zweite (Ictasanda); und wenn sie miteinander kampiren, so formen alle zusammen einen Kreis, in der Mitte ein Weg, 5 Totems zur rechten und 5 zur linken desselben.

Der Totemcharakter d. h. die Lehre der Abstammung von dem Totemthier und die Verehrung desselben lässt sich bei diesen Stämmen ganz besonders deutlich nachweisen.

Der Elchtotem darf nicht vom (männlichen) Elch und Hirsch essen, sonst brechen Beulen aus[67].

Die Inke-Sabe haben verschiedene Untertotems mit verschiedenen Totembeziehungen: der eine davon isst keine Büffelzunge und berührt keinen Büffelkopf[68].

Die Hanga stammen von Büffeln ab und theilen sich wieder in verschiedene Untertotems mit entsprechendem Speisenverbot; verschiedene dieser essen keine Büffelzunge oder nichts von der Seite des Büffels[69]:

Die Catadas haben gleichfalls in ihren Untertotems verschiedene Beziehungen: die einen essen keinen Schwarzbären und berühren seine Haut nicht; andere essen keine kleinen Vögel, andere keine Schildkröten[70].

Die Kaze berühren keinen Grünspan[71].

---

[67] Dorsey p. 225.
[68] Dorsey p. 231.
[69] Dorsey p. 235.
[70] Dorsey p. 236 f.
[71] Dorsey p. 241.

Die Tesinde essen keine Büffel- oder Kuhkälber, solange sie noch roth sind[72]).

Den Tapa ist Haut und Fett der Hirsche untersagt[73]).

Die Ingce-jide verzehren keine Büffelkälber[74]).

Die Ictasanda berühren kein Reptil[75]).

Höchst interessant zeigt sich die Totembeziehung bei manchen Clans noch in der Art, dass das Mitglied eines Büffel- clans bei seinem Tode in eine Büffelhaut gekleidet und ihm gesagt wird: Vom Büffel bist du, dahin kehrst du zurück[76]).

Eine weitere Beziehung tritt darin hervor, dass die solchen Totems eigene Haartracht das Streben verräth, dem Totemthier ähnlich zu werden; am deutlichsten zeigt sich dies bei den Schildkröten: der Kopf wird geschoren, an jeder Seite zwei Locken, eine über der Stirne und hinten eine Locke (Füsse, Kopf und Schwanz)[77]).

Auch die im Totem üblichen Vornamen (Individuennamen) tragen vielfach solche Beziehungen; so beim Elchtotem: das weiche Horn, das gelbe Horn, das verzweigte Horn, die vier Hörner, das dunkle Horn; junger Elch, weisser Elch, grosser Elch u. s. w.[78]), so bei den Schwarzbären: der junge Schwarz- bär, die vier Augen (zwei Flecken über den Augen), Grau- fuss u. s. w.[79]).

Durchgängig ist dies nicht, denn nicht immer ist die Personalbenennung eine totemistische; auch gilt die vernünftige Bestimmung, dass zwei Mitglieder desselben Totems nicht den

---

[72]) Dorsey p. 244.

[73]) Dorsey p. 245.

[74]) Dorsey p. 248.

[75]) Dorsey p. 248; Morgan, Ancient Soc. hat einige Ab- weichungen.

[76]) Dorsey p. 229. 233. Vgl. auch meine Melusinensage S. 39.

[77]) Dorsey p. 240.

[78]) Dorsey p. 227.

[79]) Dorsey p. 237.

Kohler, Zur Urgeschichte der Ehe.
3

gleichen Individualnamen tragen dürfen; was von selbst zur Annahme anderer Namensysteme führen musste[80]).

Daher auch Thiertänze mit totemistischem Bezug, indem der Tanzende einen Bären, einen Adler u. dergl. nachahmt[81]).

So bestehen auch die den Omahas verwandten O s a g e aus zwei Unterstämmen, dem Friedensstamme, welcher früher kein Thier töten durfte, und dem Kriegerstamme, welcher wieder in zwei Abtheilungen zerfiel. Früher waren es entsprechend 7 + 7 + 7, später, da die Totems der Kriegerstämme zusammenschmolzen, nur 7 + 7 = 14 Totems; darunter: Büffelgesicht, rother Adler, Donner[82]).

Ebenso stammen die Totems der gleichfalls verwandten O t t a w a vom Hasen, vom Karpfen, vom Bär und haben ihre entsprechende Schöpfungsgeschichte[83]).

Die K a n s a besassen einen Wolf- und Panthertotem[84]), die J o w a hatten die Totems: Adler, Taube, Wolf, Bär, Elch, Biber, Büffel, Schlange; davon pflegte ein jeder seine bestimmte Haartracht[84a]).

Bei den M a n d a n gab es jedenfalls die Totems:

Büffel, Biber, Elch, Bär[85]), wohl auch Adler, Rabe, Hermelin; daher trugen die Tapferen Adler- oder Rabenfedern oder Hermeline, oder auch Büffelhörner am Kopf[86]).

Sie führten auch Büffeltänze auf, wo sie Büffelköpfe oder Masken trugen, in der Erwartung, Büffel anzulocken[87]).

Allerdings konnten sie des Büffels als des Hauptnahrungsmittels nicht entrathen, ebenso wenig als die sonstigen Büffel-

---

[80]) D o r s e y p. 227.

[81]) D o r s e y p. 349. 280.

[82]) D o r s e y, Osages p. 113.

[83]) D o r m a n p. 233.

[84]) H u n t e r p. 310.

[84a]) S c h o o l c r a f t, Tribes III p. 269; vgl. M o r g a n, Ancient Soc. p. 156.

[85]) C a t l i n I p. 136. 145. Abweichend M o r g a n p. 158.

[86]) C a t l i n I 101 f.

[87]) C a t l i n I p. 127.

totems; vielleicht aber hielten sie sich von der Büffelzunge oder anderen Theilen fern.

Die Kräheni ndianer und die Assine boin verlängerten ihr Haar durch Anfügungen, um sich ein krähenartiges Aussehen zu geben[88]).

Auch bei den Cheyennen gibt es Jagdtänze, wo die einen sich als Büffel, Antilopen u. dergl., die anderen sich als Jäger geberden[89]).

Die Dacota hatten jedenfalls den Bärentotem und führten auch Tänze auf, wo sie den Bären nachahmten[90]); ferner Schlange, Schildkröte, Wolf, Büffel[90a]).

Bei den ihnen verwandten Schwarzfüssen war der Büffeltotem vertreten: die Tapfersten trugen Büffelhörner auf dem Kopf[91]); auch der Bärentotem: der Medizinmann kam in der Tracht eines Bären[92]).

So findet sich bei den Sauks ein Totem Forelle[93]).

Die (den Paunis verwandten) Caddo haben den Totem Wolf, Panther, Bär, Büffel, Biber, Waschbär, Krähe[94]).

Bei den Crik finden wir 17—18 Totems, darunter Bär, Wolf, Biber, Adler, Waschbär, Otter, Alligator, Mais, Kartoffel[95]).

Die Chirokesen kennen 7 Totems, darunter Wolf und Vogel; früher waren es 8, ja 10 Totems[96]).

---

[88]) Catlin I p. 50. 55.
[89]) Ten Kate, Reizen S. 363.
[90]) Catlin I p. 245.
[90a]) Carver bei Morgan, Anc. Soc. p. 154.
[91]) Catlin I p. 34.
[92]) Catlin I p. 40. Weitere Totems bei Morgan p. 171.
[93]) Long I p. 231. 14 Totems allegirt Morgan p. 170, ebenso 10 bei den Miamis und 13 bei den Schaunis (p. 168).
[94]) Ten Kate, Reizen p. 375. Aehnlich die Paunis, Morgan p. 165.
[95]) Ten Kate, Reizen p. 411. Vgl. auch Morgan p. 161. Sie hatten einen Fisch-, Schlangen-, Büffel-, Adlerfedertanz, Schoolcraft, Tribes V p. 277.
[96]) Ten Kate, Reizen p. 424; Morgan, Anc. Soc. p. 164.

Die Chokta hatten unter anderem einen Totem Krebs:
davon ging die Sage, dass diese ehemals unter der Erde gelebt
hätten, auf allen Vieren kriechend, bis sie von den Choktas fest-
gehalten, die Sprache gelehrt und in den Stamm aufgenommen
wurden[97]). Alle diese Golfstämme enthalten sich des Genusses des
Totemthiers, was Adair irrthümlich auf Unreinheit deutet[98]).

Die Moquis und Zunis haben Totems, wie Korn, Frosch,
Papagei, Adler, Sonne, Bär, Schmetterling, Klapperschlange;
ebenso die übrigen Pueblos: sie tragen die Totems auf den
Schilden[98a]). Die Komantschen weisen 6 Totems[98b]) auf.

Bei den Weststämmen im Oregongebiet ist das Totem-
wesen ziemlich verschwunden[99]); ebenso in Californien[100]).

Dagegen sind die Columbiavölker totemistisch; sie
haben den Totem Wal, Adler, Rabe, Wolf, Frosch und bringen
die Bilder der Thiere über den Dächern, auf der Front der
Häuser, auf Rudern und Booten an, ebenso auf Gräbern[101]).

Und der Gedanke der Verwandlung des Toten in sein
Stammthier tritt auch darin hervor, dass sie auf die Grab-
bilder des Raben- und Adlertotems den Vogel in fliegender
Situation darstellen — als der Tote, der entfliegt[102]).

Dass sie das Totemthier nicht verletzen, ist selbstverständlich; sie betrachten es aber auch als schweren Schimpf, wenn
ein Anderer dasselbe in ihrer Gegenwart tötet — ein Schauer,
vor dem sie das Haupt verhüllen[103]).

Auch die Kosmogonie der Columbiastämme zielt darauf

---

[97]) Catlin II p. 128. Vgl. unten S. 42.   [98]) Adair p. 130 f.
[98a]) Bourke, Journ. of Amer. Folklore V p. 116.
[98b]) Morgan p. 177.
[99]) Gibbs in den Contributions I p. 184.
[100]) Vgl. unten S. 41. So auch bei den Navajos und Apaschen;
vgl. Bourke V p. 111 und Matthews ib. III p. 103 f.
[101]) Mayne, Four years in Brit. Columbia p. 257. 258. 271; Macfie,
Vancouver island p. 444. Der Totem auf Gräbern findet sich auch sonst,
vgl. Schoolcraft, Tribes I p. 356.
[102]) Mayne p. 272.
[103]) Mayne p. 278.

hin: im Anfang kamen Vögel vom Himmel, legten ihr Federkleid ab und wurden als Menschen Stammväter der Totems[104]).

Höchst interessant ist auch die Art, wie man sich die subgentes entstanden denkt; dies zeigt uns die Sage der Columbiavölker: Männer gingen in die See oder auf die Berge und mischten sich mit Thieren: sie wurden die Stammväter der Subtotems[105]).

Ganz besonders haben die Nordindianer den Totemismus aufrecht erhalten; so insbesondere die Tlinkit; sie haben die Totems Walfisch, Rabe, Wolf, Adler[106]); genauer: sie haben zwei Haupttotems, Rabe und Wolf, und der erste zerfällt wieder in Rabe, Frosch, Gans, Seelöwe, Uhu, Lachs; der zweite in Wolf, Bär, Adler, Walfisch und Alk[107]).

Sie schnitzen die Totems auf ihre Gebrauchsgegenstände[108]), und neben ihren Häusern stehen die Totembilder, ihrer selbst und ihrer Ahnen, die oft eine beträchtliche Höhe erreichen[109]).

Bei festlichen Gelegenheiten tragen sie Kleider, die an die Totems erinnern[110]), und auf den hölzernen Helmen beim Zweikampf wird das Totemzeichen angebracht[111]).

So erscheint insbesondere bei Erinnerungsfesten an die Ahnen ein Häuptling mit dem Familientotem und wird von einem Familienmitglied mit einem Schrei, der das Totemthier nachahmt, begrüsst[112]). Dieser Schrei bestimmt auch, ob bei den Festlichkeiten ein oder mehrere Sclaven geopfert werden sollen[113]).

---

[104]) Boas, 24 Proceedings p. 423.

[105]) Boas, 24 Proceedings p. 423.

[106]) Dall, Alaska p. 413. 414. Vgl. auch Badlam, Wonders of Alaska p. 75 f.; Ritter, Zeitschr. f. Allg. Erdk. N. F. XIII S. 256 (nach russischen Quellen). Vgl. unten S. 54.

[107]) Holmberg S. 293; Krause, Tlinkit S. 112. Vgl. auch Bancroft I p. 109; Jackson II p. 105; Pinart 792 f.

[108]) Dall, Alaska p. 414; Holmberg S. 293 f.

[109]) Dall, Alaska p. 414; Krause, Tlinkit S. 131 f.

[110]) Holmberg S. 328; Dall, Alaska p. 414.

[111]) Holmberg S. 323.

[112]) Dall, Alaska p. 419.   [113]) Holmberg S. 328.

Das Speiseverbot zeigt sich z. B. darin, dass sie wegen des Walfischtotems keinen Walfischthran geniessen [114]), und der Bär, dieses Haupttotemthier wird selten getötet, man hält ihn für einen verkleideten Menschen [115]).

Auch die Sagenwelt spielt in Totemvorstellungen: der Bringer des Lichts verwandelte sich in einen Raben; er verschaffte den Menschen das Wasser, das der Wolf (der böse Geist) bewachte [116]). Daher also die zwei Haupttotems: der Totem des guten und des bösen Geistes, und jedem schliessen sich die verwandten Geister an.

Ebenso haben die Haidas Totems und bauen sich Totempfähle vor den Häusern [117]); auch die totemistische Tättowirung ist bei ihnen üblich [118]); die Totems sind: Adler, Wolf, Krähe, schwarzer Bär, Finnwal [119]).

Auch die Kutschin kennen 3 Totems: Hirsch, Vogel, Landthier [120]).

Die Kenayer haben, wie die Tlinkit, 2 Haupttotems, die wieder in 6 und 5 Untertotems getheilt sind. Der Rabe soll bei der Schöpfung zwei Ahnfrauen aus verschiedenen Stoffen gebildet haben, und daraus seien die 6 und 5 Geschlechter entstanden [121]).

Die Chepwäer des Nordens leiten ihren Ursprung von einem Hunde ab und behandeln darum den Hund mit einer Art religiöser Scheu [122]).

Erloschen dagegen ist das Totemsystem bei den Innuit (Eskimo); wir finden hier nur noch seine Ausläufer: den Stammtotemismus und den Manitukult (S. 42. 45).

[114]) Dall, Alaska p. 413.
[115]) Holmberg S. 310.
[116]) Dall, Alaska p. 422.
[117]) Krause, Tlinkit S. 308.
[118]) Swan, Haidah Indians p. 5 f.
[119]) Krause S. 312. Vgl. auch Dean in Americ. Antiq. XV p. 281.
[120]) Dall, Alaska p. 197.
[121]) Wrangell I S. 104. 111.
[122]) Bancroft I p. 118.

§ 3.

Aus dem Begriff des Totems ergibt sich zweierlei von selbst:

1. Es kann Jemand regelrecht nur einem Totem angehören: das Gegentheil würde zu einem Mischthier, zu einem monströsen Wesen führen; wie sich solche zwar in der Sage finden, aber nur als Ausnahmen, nicht als regelmässige Gestalten.

Daher muss der Totem entweder vater- oder mutterrechtlich sein, d. h. die Angehörigkeit muss sich entweder durch die Beziehung zur Mutter oder zum Vater bestimmen, eine doppelte Zugehörigkeit gibt es nicht; dies führt direkt zum Mutterrecht, wovon unten (S. 53 f.) die Rede sein wird.

2. Der Totemismus beruht auf Blutsverband: vom Thiere sprosst das Thier; daher ist der Blutsverband fürder die Grundlage menschlicher Zusammengehörigkeit: aus dem Totemismus entwickelt sich die Familie, aus ihm entwickelt sich der Geschlechterstaat: dieser bildet sich durch Zusammenschluss der Totems; mindestens 2 Totems sind erforderlich. Mit der Zeit verzweigen sich die Totems in Untertotems, und so kommt es, dass etwa 8, 10, 12, 14 Totems den Stamm bilden.

Daher ist auch die Lagerung der Zelte der Stämme totemistisch, und zwar so, dass die Totems in zwei Abtheilungen zerfallen, die sich rechts und links gruppiren. Die Lagerung erfolgt bei den Rothhäuten in Hufeisenform, und hierbei hat jeder Totem seine besondere Stelle. So bei den Wyandot [123]); so (wie bereits bemerkt) bei den Omaha: 5 Totems waren zur Rechten, 5 zur Linken, und in der Mitte führte eine Strasse hindurch [124]); so bei den Osage: 7 Totems zur Linken, 7 zur Rechten [125]); so bei den Cheyennen: 3 an der einen Seite, 1 am Schluss, 4 auf der andern Seite [126]).

---

[123]) Powell, 1 Report p. 64.
[124]) Dorsey, Omaha p. 219. 220. Vgl. oben S. 32.
[125]) Dorsey, Osages p. 113 f.
[126]) Ten Kate p. 361.

3: Der Totem ist nothwendig exogam: kein Thier kann in sich selbst hineinheirathen; ein sich selbst Beflecken würde als unerhörter Gräuel gelten: die Blutschande in diesem Sinne hat, wenn sie überhaupt vorkommt, meist den Tod zur Folge. So findet sich denn die totemistische Exogamie allgemein. So bei den Wyandot[127]), bei den Irokesen[128]), bei den Omaha[129]), bei den Caddo (Pauni)[130]); so bei den Südstämmen[131]), so bei Columbiavölkern[132]).

So ist die Exogamie der Totems auch bei den Nordindianern ausgesprochenes Recht, insbesondere bei den Tlinkit[133]), den Kenayern[134]), bei den Haida[135]), auch bei den Kutschin, obschon hier die Verletzung des Verbots nicht so schwere Folgen, immerhin aber öffentliche Verhöhnung, herbeiführt[136]).

Dieses Exogamiegebot reicht entweder über den Stamm hinaus, so dass, wenn Jemand auch ausserhalb des Stammes heirathet, er nicht in den adäquaten Totem dieses Stammes heirathen darf; dies war irokesisches Recht[137]); ebenso Recht der Columbiavölker[138]).

Oder die Stammesverschiedenheit ist so ausgebildet, dass die gleichartigen Totems beider Stämme sich als zwei verschiedene Thierindividualitäten ansehen und daher ineinander heirathen dürfen; dies ist das Recht der Omaha[139]).

---

[127]) Powell, 1 Report p. 61. 63.
[128]) Schoolcraft, Iroquois p. 128; Morgan, League p. 84; Consanguinity p. 139. 165; Contributions p. 5. 66.
[129]) Dorsey p. 255.
[130]) Ten Kate, Reizen p. 375.
[131]) Jones, Antiquities p. 66.
[132]) Mayne, Four years in Brit. Columb. p. 258.
[133]) Holmberg S. 313; Dall, Alaska p. 414; Krause, Tlinkit S. 220.
[134]) Wrangell I S. 104.
[135]) Krause S. 312.
[136]) Dall, Alaska p. 197.
[137]) Schoolcraft p. 130; Morgan, League p. 81; Contributions p. 33.
[138]) Mayne, Four years p. 258; Macfie, Vancouver island p. 444.
[139]) Dorsey p. 257.

§ 4.

Der Totemismus trägt, wie jede historische Einrichtung in sich das Element des Zerfalles, jedoch so, dass das Institut, wenn es zerfällt, die lebensfähigen Keime weiterer Entwickelung hinterlässt.

Das eine Element des Zerfalles besteht darin, dass die sich immer mehr erweiternden Totems sich in Untertotems spalten in der Art, dass schliesslich die Einheit des Totems vergessen wird und eine Eheschliessung innerhalb des Totems von Subtotem zu Subtotem möglich ist. So geht der Totem allmählig über in den Stamm oder Unterstamm. Die Subtotems tragen aber die totemistischen Charakteristiken nicht mehr mit der gleichen Festigkeit an sich, und so hat dem Institut damit die Stunde geschlagen: was vom Totemismus übrig bleibt, ist ein allgemeiner Stammtotemismus, der aber zuletzt nur noch mythologisch-kosmologisches Interesse hat[140]).

So glauben die Kranichindianer (der Ojibwä), dass sie von Kranichen abstammten und zu Menschen wurden[141]); andere Ojibwä verehren die Klapperschlange, nennen sie ihren Grossvater und haben Scheu, sie zu töten[142]); der Biberstamm der Algonkin will vom Biber stammen[143]).

So betrachten die Pomo in Kalifornien den Coyote als ihren Stammvater[144]); doch ist eine Abtheilung nach einer Schlange benannt[145]).

Auch die Yokuten verehren die Klapperschlange und den Coyote, den sie als den Stammvater der ganzen Welt ansehen[146]).

---

[140]) Vgl. Melusinensage S. 49.
[141]) Dorman p. 232 f.
[142]) Dorman p. 264 f.
[143]) Parkman, Jesuits p. LXVIII.
[144]) Powers, Tribes of California p. 147.
[145]) Powers p. 147.
[146]) Powers p. 379.

Und auch sonst findet sich bei den Kaliforniern die Sage, dass z. B. der Wolf Mann und Weib bildete[147]).

So auch die Innuit (Eskimo): so glauben die Kanyaks, dass sie von einem Hunde stammen[148]); und noch haben solche Stämme ihre eigenartige Haartracht und Tättowirung[149]). Auf diese Weise hat die Spaltung in Untertotems dazu beigetragen, den Totemismus zum Stammestotemismus auszuweiten.

Solche Spaltungen finden sich, wie schon erwähnt, bei den Omaha[150]); so auch bei den Chokta: sie theilten sich in 2 Abtheilungen, von denen jede 4 Brudertotems hatte; ähnlich die Chicasa; viele Untertotems haben oder hatten die Ojibwä, die Delaware und Mohikaner[150a]).

Die Art, wie die Untertotems ihr neues Stammthier bekamen, ist sehr begreiflich. Die Entwickelung ging entweder von dem eindringenden Vaterrecht aus: man bezeichnete den Untertotem nach dem Vater, von dem er stammte, mit dem sich die Mutter ehelich verbunden hatte, als aus ihr der Untertotem ausging. Oder man benannte den Untertotem nach dem Manitu, dem individuellen Schutzgeiste eines seiner hervorragenden Mitglieder[151]).

Der Zerfall der Totems konnte sich auch so vollziehen, dass die ganze Genossenschaft der zusammenlebenden Totems sich in mehrere Gruppen spaltete, wobei in einer jeden Gruppe die verschiedenen Totems vertreten waren. Eine Zeit lang wirkte noch der Gedanke der Totemeinheit nach und die Totemexogamie reichte über die Stammesgrenze hinaus, wie oben im Fall der Irokesen; mit der Zeit aber wird die Totemgleichheit hinter der Stammesverschiedenheit verschwinden und

---

[147]) Wrangell I S. 93.
[148]) Dall, Alaska p. 404 f.
[149]) Klutschak S. 228.
[150]) Dorsey p. 236 f. 239. 240. Vgl. oben S. 31.
[150a]) Morgan, Ancient Soc. p. 162. 163. 166. 171 f.
[151]) Ueber beides unten S. 54 und S. 43 f.

es gilt der Satz: ein Stamm kann in den andern hineinheirathen ohne Rücksicht auf den von den beiden Heirathenden
vertretenen Totem: an Stelle der Totemexogamie entwickelt
sich die Stammesexogamie.

Ein weiterer mächtiger Feind erwächst dem Totemismus
aus dem Individualtotem, dem Manitu; davon ist nunmehr zu
handeln. Schon in den blühenden Zeiten des Totemismus finden
wir den Manituglauben, d. h. den Glauben, dass ausserdem ein
jedes Individuum sein Schutzthier hat, das mehr oder minder
frei gewählt werden darf[152]).
Dies wurde bereits oben bezüglich der Omaha angedeutet.

So kommt es vor, dass im Büffeltotem der Knabe nicht
nur der „letzt laufende", „der dickschultrige", der „schwarz-
züngige" (sc. Büffel) benannt wird, sondern den Namen Falke,
Kaninchen, Truthahn bekommt[153]), oder Krähe, Schwan,
Bär[154]).

Schon Marquette (1673) bemerkt in dieser Hinsicht[155]):
chacun a le sien (nämlich Dieu), qu'ils appellent leur manitou,
c'est un serpent ou un oyseau ou une pierre ou chose sem-
blable, qu'ils ont resué en dorment et en qui ils mettent toute
leur confiance pour le succez de leur guerre, de leur pesche
et de leur chasse.

Bald in früher Jugend, bald zur Zeit der Jünglingsweihe enthüllt sich einem Jeden im Traum sein Manitu,
den er verehrt, so dass er das durch ihn repräsentirte
Thier niemals tötet[156]). Tötet er es aus Versehen, so bittet

---

[152]) Das Wort Manitu ist der Sprache der Algonkin entlehnt; in
der Sprache der Irokesen und Huronen heisst der Geist okin und otkon.
Vgl. schon Champlain I p. 385 f.

[153]) Dorsey p. 232. 233.

[154]) Dorsey p. 236.

[155]) Marquette, Recit des voyages p. 57.

[156]) Hierüber vgl. auch Dorman, Origin of primitive superstitions

er es um Verzeihung und legt die Haut in seinen Medicin-sack[157]).

Als Zeichen des Manitu trägt er nämlich in seinem Medicinsack Dinge bei sich (Knochen, Federn, Häute u. s. w.), die sich auf den Schutzgeist beziehen oder ihm seiner Zeit im Traume geoffenbart wurden[158]). Ebenso gelten merkwürdige Naturerscheinungen, z. B. besonders gestaltete Felsen als Ausflüsse eines Manitu; hier bringen sie oft Manitubilder an in rohen Thier- oder Menschenbildnissen[159]).

Sehr allgemein ist auch die Bezeichnung des Individuums mit dem Namen seines Manitu. Das findet sich besonders im Westen: so ist es bei den Kaliforniern nicht selten, das Individuum mit einem Thiernamen zu benennen, so bei den

---

p. 226 f.; vgl. auch Heckewelder S. 424. So auch schon Marquette (1673) an der S. 43 bezeichneten Stelle; Parkman, Jesuits p. LXX; Loskiel S. 53: „Ein Indianer, der keinen Schutzgeist im Traum bekommen hat, ist muthlos und sieht sich als verlassen an." Bezüglich der Carolinavölker vgl. Lawson p. 195: Adler, Panther, Alligator; bezüglich der Michigamie vgl. Schoolcraft, Tribes V p. 196; bezüglich der Ojibwä vgl. auch Tanner p. 289 und Hoffmann, The Midewiwin of the Ojibway im VII Annual Report p. 163: der Schutzgeist enthüllt sich dem Jüngling nach langem Fasten. So auch bei den oberkalifornischen Stämmen, Boscana p. 271, wo das Traumleben noch durch Narkotika gesteigert wird. Ueber die Kwakiutl s. auch Boas, Festschrift S. 438 f. Daher auch die Meinung, ein Thier im Leibe zu tragen; so bei den Mandan und Minnitarie, vgl. Prinz zu Wied II S. 190. 270.

[157]) Dorman p. 229.

[158]) Parkman, Jesuits p. LXXI; vgl. auch Lewis and Clark p. 208 (von den Mandan); Hunter p. 351 (von den Missouristämmen); Hoffmann in VII Annual Report p. 163 bezüglich der Ojibwä: das Bild des Schutzgeistes tragen sie um den Hals oder im Medicinsack. Wer die Fledermaus als Schutzgeist hat, trägt ihre Haut im Sack, Tanner p. 289.

[159]) Bradbury, Travels in the Interior of America p. 24 f. Vgl. auch schon Relation de la mission du Missisipi du Seminaire de Québec en 1700 (New York 1861) p. 34.

Nishinam[160]); oder nach einem Kraut, Baum oder einer anderen Sache[161]).

Daher auch die vielverbreitete Sitte, dass man sich scheut, den Namen eines Andern auszusprechen, weil dies den Schutzgeist wecken, herauslocken, verletzen würde.

Diese viel verbreitete Vorstellung finden wir bei den Indianern häufig; so bei den Komantschen[162]), den Columbiavölkern[163]). So ist es auch bei kalifornischen Stämmen, namentlich den Nishinam verpönt, Jemandem, namentlich einer Frau, mit ihrem Namen zu rufen[164]).

Auch bei den Nordstämmen finden wir das individuelle Schutzgeistwesen, so insbesondere bei den Tlinkit[165]): der Schutzgeist heisst Kinajek[166]); und bei den Kojäken am Yukon ist unter dem Schutzgeistsystem der eigentliche Totemismus untergegangen[167]).

Ebenso bei den Innuit (Eskimo): hier wählt ein Jeder bei der Mannbarkeit (oder auch schon seine Eltern in seiner Kindheit) ein Thier als Schutzgeist; schlägt dieser nicht gut aus, so wählt man einen andern; doch hält all dieses nicht mehr von der Tötung des Thieres zurück[168]).

§ 5.

Ueber den Totemismus der Australneger habe ich bereits anderwärts Belege gebracht[169]).

Ich füge nach Curr und nach dem Journ. of the Anthrop. Inst. XXIV noch folgendes bei:

---

[160]) Powers p. 316.
[161]) Wrangell I S. 87.
[162]) Ten Kate p. 393.
[163]) Mayne, Four years p. 279.
[164]) Powers p. 315 f.
[165]) Dall, Alaska p. 423.
[166]) Krause, Tlinkit S. 292.
[167]) Dall, Alaska p. 196.
[168]) Dall p. 145.
[169]) Recht der Australneger S. 334 f.; Melusinensage S. 38.

Die Thargominda in Centralaustralien haben die Totems: Emu, Schlange, Opposum u. s. w.[170]).

Am Nogoafluss sind die Totems: Opposum, Hund, Emu, Känguruh, Adlerfalke, Biene, Truthahn vertreten[171]).

Die Stämme am Mount Gambier zählen 10 Totems: Krähe, Fischfalke, Pelikan, schwarzer Kakadu, Schlange, Tibaum, Truthahn, weisser Kakadu, sowie zwei andere, die nicht genannt werden. Jeder Totem vermeidet es, das Totemthier zu töten, ausser im Fall äusserster Noth, und dann nur mit Trauerbezeugung, als hätte man einen Verwandten getötet[172]).

Die Dieri haben 11 Totems: Korn, Regen, Maus, Emu, Känguruh, Ratte, Marder, Fisch, Iguano, Hund, Krähe. Sie glauben, dass sie aus Thieren entstanden sind, enthalten sich aber des Genusses der Totemthiere nicht[173]).

Die Totemtheilung gewinnt hier noch ein besonderes Relief dadurch, dass manche Australstämme mit ihren Totems die ganze Welt in Verbindung bringen und die verschiedensten Dinge dem Totem unterwerfen. So am Mount Gambier: die Krähe hat Regen, Donner, Blitz, Hagel, Wolken, der schwarze Kakadu die Sterne und den Mond, der weisse Kakadu aber das Känguruh, die Sommerzeit u. s. w. unter sich[174]).

Auch bei den Australnegern ist die Exogamie der Totems die Regel[175]). So auch bei den Thargominda in Centralaustralien: die Verletzung des Exogamiegebots hätte den Tod zur Folge[176]). So bei den Dieri, mit gleicher Strenge[177]).

Bei einigen Stämmen, z. B. am Mount Gambier haben die Totems die exogame Bedeutung eingebüsst[178]): hier ist

---

[170]) Curr II p. 37.
[171]) Curr III p. 91.
[172]) Curr III p. 461. 462.
[173]) Gason im Journal of the Anthrop. Instit. XXIV p. 167 f.
[174]) Curr III p. 461.
[175]) Belege im Recht der Australneger S. 334 f.
[176]) Curr II p. 37.
[177]) Gason im Journal XXIV p. 168. 169.
[178]) Curr III p. 462.

die totemistische Exogamie in eine Stammesexogamie übergegangen.

Dies ist ein Prozess, der sich bei den meisten Australiern
vollzogen hat. Zwar sah man sich nachträglich genöthigt,
den Stamm wieder in Unterstämme zu theilen, aber diese
haben mit dem Totemismus nichts zu thun, es sind Unterstämme, welche die verschiedenen Generationsstufen des Stammes
repräsentiren.

Typisch hiefür ist die Eintheilung der Kamilaroi, wo der
Stamm sich in zwei Klassen und jede Klasse in zwei Unterklassen theilt und jeweils ein Mann der bestimmten Unterabtheilung der einen Klasse sich mit einem Weibe der bestimmten Unterabtheilung der anderen Klasse verbinden muss,
während die Kinder der anderen Unterabtheilung angehören[179]); was also, wenn wir die Klassen mit A und B und
deren Unterklassen mit A_1, A_2, B_1, B_2 bezeichnen — je nachdem
Mutter- oder Vaterrecht gilt —, zu folgenden Resultaten führt:

A_1 heirathet B_1,
Kind B_2,
B_2 heirathet A_2,
Kind A_1,

respective

A_1 heirathet B_1,
Kind A_2,
A_2 heirathet B_2,
Kind A_1.

In ähnlicher Weise finden sich diese Klassen und Unterabtheilungen bei anderen Stämmen, manchmal mehr oder minder
complicirt.

So haben die Ngurlastämme (an der Küste des Grey-
flusses) vier Klassen:

Purungnu heirathet Parrijari, die Kinder sind Kiamuna,
Kiamuna heirathet Banaku, die Kinder sind Purungnu,

---

[179]) Recht der Australneger S. 330 f.

Parrijari heirathet Purungnu, die Kinder sind Banaku, Banaku keirathet Kiamuna, die Kinder sind Parrijari. Da die Kinder dem Stamm des Vaters angehören, so verhält es sich also, wie folgt:

I. Klasse, erste Generation Purungnu, zweite Generation Kiamuna.

II. Klasse, erste Generation Parrijari, zweite Generation Banaku.

Daher versteht sich von selbst, dass ein Purungnu eine Parrijari, ein Kiamuna eine Banaku heirathet, und umgekehrt[180]).

Ganz ähnlich, auch in der Benennung, ist die Sache bei den benachbarten Stämmen an der Nickolbay:

Burungu heirathet eine Panaka, die Kinder sind Kaimurra[181]),

Kaimurra heirathet eine Paleyiry, Kinder sind Burungu,

Panaka heirathet eine Burungu, Kinder sind Paleyiry,

Paleyiry heirathet eine Kaimurra, Kinder sind Panaka.

Also

I. Klasse, erste Generation Burungu, zweite Generation Kaimurra.

II. Klasse, erste Generation Panaka, zweite Generation Paleyiry;

woraus sich das Obige von selbst ergibt[182]).

Ebenso besteht bei Stämmen an der Halifaxbay das System der Klassen und Unterklassen wie folgt[183]):

Eine Korkoro heirathet eine Wongo[183a]), das Kind ist ein Wotero;

---

[180]) Curr I p. 290. 291.
[181]) Anglisirt geschrieben Kymurra.
[182]) Curr I p. 298.
[183]) Curr II p. 425.
[183a]) Eigentlich Wongerungan: die Feminalbezeichnung! Der Erleichterung halber bediene ich mich lediglich der Mannesbezeichnung der Stammesklasse.

ein Wotero heirathet eine Korkin, das Kind ist ein Korkoro.

Ein Wongo heirathet eine Korkoro, das Kind ist ein Korkin;

ein Korkin heirathet eine Wotero, das Kind ist ein Wongo.

Nehmen wir an, dass hier Mutterrecht gilt, was allerdings nicht feststeht, so ist die Theilung so:

I. Klasse, erste Generation Korkoro, zweite Generation Korkin.

II. Klasse, erste Generation Wongo, zweite Generation Wotero.

Bemerkt wird, dass dieser Turnus auch beobachtet wird, wenn der Mann ausserhalb seines Stammes heirathet, wo dann die Nachbarstämme eine ähnliche Abtheilung aufweisen.

Die Völker von Port Mackay [184]) theilen sich gleichfalls in zwei Klassen Yungaru und Wutaru, wovon sich die erste wieder in Gurgela und Bunbai, die zweite in Kubaru und Wungo spaltet.

Gurgela heirathet eine Kubaru, die Kinder sind Wungo, Wungo heirathet eine Bunbai, die Kinder sind Gurgela, Kubaru heirathet eine Gurgela, die Kinder sind Bunbai, Bunbai heirathet eine Wungo, die Kinder sind Kubaru.

Also mit Mutterrecht nach dem Schema:

$$A_1 \ B_1 \qquad B_1 \ A_1$$
$$B_2 \qquad A_2$$
$$B_2 \ A_2 \qquad A_2 \ B_2$$
$$A_1 \qquad B_1$$

Ebenso, mit ähnlicher Benennung, im Peak Downs-District[185]) und am Nogoafluss[186]).

---

[184]) Curr III p. 45.
[185]) Curr III p. 64.
[186]) Curr III p. 91.

Bei den Stämmen am Maryfluss [187]) scheint sich die
Klassenordnung etwas gelöst zu haben: die Klassen sind:

I. Baran und Balkun.

II. Dherwer und Bonda.

Vormals heirathete

ein Baran eine Dherwer und das Kind war ein Bonda,

ein Bonda eine Balkun, das Kind war ein Baran,

ein Dherwer eine Baran, das Kind war ein Balkun,

ein Balkun eine Bonda, das Kind war ein Dherwer.

Nun ist aber dem Baran gestattet, eine Dherwer oder eine
Bonda zu heirathen; ebenso dem Dherwer, eine Baran oder
Balkun, wobei dann die Kinder der Klasse der Mutter, aber
jeweils der anderen Unterklasse angehören.

Eine merkwürdige Variante ist folgende: Die Völker in
New Norcia im Westen haben 6 Klassen[188]):

Mondorop,

Tirarop,

Tondorop,

Noiognok,

Jiragiok,

Palarop.

Keiner darf in seine eigene Klasse heirathen; ausserdem ist dem

Mondorop versagt der Tirarop,

dem Tirarop der Mondorop, aber auch der Tondorop,

dem Tondorop der Tirarop,

dem Noiognok der Jiragiok,

dem Jiragiok der Noiognok und Palarop,

dem Palarop der Jiragiok.

Mithin sind den Klassen Mondorop, Tondorop, Noiognok und
Palarop ausser der eigenen je eine Klasse versagt, den Tirarop

---

[187]) Curr III p. 163.
[188]) Curr I p. 320.

und Jiragiok aber je zwei. Der Ausschluss ist stets gegenseitig.

Das erklärt sich so:
ursprüngliche Klassen waren

    I. Mondorop, Unterklasse Tirarop.
    II. Noiognok, Unterklasse Jiragiok.

Nun theilte sich jeweils die zweite Unterklasse in eine zweite und dritte Unterklasse.

    Von den Tirarop zweigten sich die Tondorop,
    von den Jiragiok die Palarop in gleicher Weise ab.

Diese dritten Unterklassen entfernten sich so sehr von den ersten (Mondorop, Noiognok), dass man die Ehe mit dieser ersten gestattete, dagegen blieb der mittleren Unterklasse, die zwischen beiden stand, die erste und die dritte versagt; daher das Schema:

$$\text{I.} \quad a \qquad b \qquad c,$$
$$\text{II.} \quad d \qquad e \qquad f.$$

    Dem a ist versagt b,
    dem c „ „ b,
    dem d „ „ e,
    dem f „ „ e,
    dem b aber ist a + c,
    dem e aber ist d + f verboten.

Eigenthümlich ist allerdings, dass das Klassenprincip hier insofern nicht durchgeführt ist, als einer jeden Klasse sämmtliche Unterabtheilungen der anderen Klasse freistehen, während man erwarten sollte, dass die erste Abtheilung von I in die erste Abtheilung von II heirathen müsste u. s. w.

Bei Centralstämmen finden sich 4 Klassen:

    Pultarra (A_1),
    Perula (A_2),
    Commarra (B_1),
    Aponunga (B_2).

Hier erfahren wir: die Ehe muss in einem anderen Stamm erfolgen; ferner das Kind eines Pultarraweibes ist ein Perula, das eines Commarraweibes ein Aponunga[189]).

Der Typus ist daher offenbar:
Ein Pultarra heirathet eine Commarra, das Kind ist ein Aponunga;
ein Aponunga heirathet eine Perula, das Kind ist ein Pultarra.
Ein Commarra heirathet eine Pultarra, das Kind ist ein Perula.
Der Perula heirathet eine Aponunga, das Kind ist ein Commarra,
womit sich jedesmal der Kreis schliesst.

Die Stämme am Mount Gambier haben, wie schon aus Fison hervorgeht[190]), zwei Klassen: Kumite und Kroki, welche wechselseitig in einander hineinheirathen[191]).

Auch die Torrowotto aus Centralaustralien theilen sich in zwei exogame Schichten[192]).

Bei manchen Stämmen werden Klassen gegeben ohne nähere Beschreibung; so bei den Limba Karadji: 3 Klassen: Manderojelli, Manburlgit und Mandrowilli[193]).

Die Stammesverfassung ist, wie bemerkt, aus der Totemverfassung hervorgegangen; und wie oben die Völker in ihrer Totemeintheilung alle Dinge inbegriffen, so auch hier die Stämme am Port Mackay in der Klasseneintheilung: es sind zwei Volkskreise: Yungaru und Wutaru, und die ganze belebte Welt gehört jeweils einem dieser Kreise an[194]).

[189]) Willshire im Journal XXIV p. 183.
[190]) Fison and Howitt p. 34.
[191]) Curr III p. 461.
[192]) Curr II p. 178.
[193]) Curr I p. 269.
[194]) Curr III p. 45.

§ 6.

Erst jetzt, nachdem die Entwickelung zum Stammes-
totemismus·verfolgt ist, kann auf die Frage des Mutter- und
Vaterrechts übergegangen werden. Dass der Totem entweder mutterrechtlich oder vaterrechtlich sein musste, ergibt sich aus dem Obigen von selbst;
die Thiercombination mochte als Ausnahme in der Sage vorkommen, als gewöhnliche Lebenserscheinung aber ging sie
wegen ihrer dem Leben abgewendeten Ungeheuerlichkeit nicht
an (oben S. 39). Mithin musste die Benennung nach Vater
oder Mutter gewählt werden; da lag die Mutterbenennung
natürlich am nächsten.

Die Gründe des Mutterrechts sind also viel einfacher, als
man bisher gemeint hat; andere Umstände mögen mit dazu
beigetragen haben, das System zu erhalten und zu festigen
und zeitweise die Berücksichtigung des Vaterrechts zu eli-
miniren: der Hauptgrund aber war die Unmöglichkeit der
Combination beider Systeme.

Dass nun aber das Verhältniss zur Mutter, die das Kind
gebar und, wie bei den Völkern gewöhnlich, abseits der Hütte
gebar, es von sich trennte, es Jahre lang säugte und dann
noch weitere Jahre lang um sich herum spielen liess, während
der Mann allen möglichen Allotria nachging, als das mass-
gebende erachtet wurde, ist so natürlich, dass das Gegentheil
einem Jeden, der sich einmal von dem Leben der Wilden einen
Begriff gemacht hat, als höchst auffallend erscheinen müsste.

War aber dies der Fall, so war die totemistische Berücksichtigung des Vaterrechts von selbst beseitigt, und da das
Verwandtschaftsrecht mit dem Totemismus identisch war, auch
die verwandtschaftliche. Und dass, als sich aus der Totemverfassung die Stammverfassung einerseits und die Familie
andererseits entwickelte, das System kraft der vis inertiae der
Dinge lange anhielt und fortdauerte, versteht sich von selbst.

Ueber die Entwickelung vom Mutterrecht zum Vaterrecht

habe ich mich bereits an verschiedenen Stellen geäussert; allerdings e i n e Art der Entwickelung, und zwar die ursprünglichste, ist mir wie anderen Forschern bis in die neuere Zeit verborgen geblieben, und doch ist die Sache ausserordentlich einfach; die Anschauung der Columbiavölker hat mir dazu den Schlüssel gegeben: während hier die Annahme besteht, dass der Totem von einer thierischen Urmutter abstammt, besteht der weitere Glaube, dass sich Untertotems in der Art entwickelt haben, dass die Männer im Wasser oder auf den Bergen von Genien das neue Wappen erhielten.

Dies erklärt sich so: bei der stärkeren Ausbreitung der Totems ergab sich, wie oben bemerkt, die Nothwendigkeit der Eintheilung in Untertotems. Hier bot sich aber kein bequemeres Abtheilungsprinzip, als dass man den Untertotem nach dem Vater benannte, ebenso wie man noch heutzutage in der Schweiz umgekehrt die verschiedenen Familienzweige dadurch unterscheidet, dass man dem Vaternamen den Namen der Mutter beifügt. Wenn also die eine Frau Bär den Herrn Rabe und die andere den Herrn Hirsch heirathete, so war es von selbst gegeben, den ganzen Bärtotem dadurch zu scheiden, dass er nun in die Untertotems Rabe und Hirsch zerfiel. War man aber so weit, dass man den Untertotem Hirsch nach dem Vater Hirsch benannte, so war es von selbst gegeben, dass sich nunmehr alle Theilnehmer dieses Untertotems als Hirsche fühlten und nicht mehr den Gang des brummenden Bären, sondern den schnellfüssigen Hirsch in ihren Gliedern verspürten; und wenn ein solcher Hirsch wieder heirathete, so war es begreiflich, dass er, ebenso wie sein Vater, dem Kinde die Hirschnatur einprägen wollte. Das mag eine Zeit lang noch Widerstand gefunden haben; aber das Beispiel wirkte. So ging die Subgens zum Vaterrecht über, und als der ursprüngliche Totem ganz zersprengt war, so war das Mutterrecht verschwunden. Natürlich musste das Mutterrecht um so länger währen, je kräftiger sich die alte Totemverfassung mit dem Zusammenhalt der verschiedenen Abtheilungen aufrecht erhielt; wesshalb sich

— 55 —

gerade bei Stämmen, welche die Totemverfassung zerfallen
liessen und sich in lockere Dorfschaften auflösten, der Uebergang zum Vaterrecht besonders leicht vollzog.

Dazu kommt nun allerdings noch das weitere zersetzende
Element, dass bei Völkern, die der Nahrungsmittel halber nicht
in Gruppen zusammenleben können, wo darum die einzelnen
Familien mit Vater, Mutter, .Kind nach den verschiedensten
Richtungen auseinandergehen und eine heut da, morgen dort
campirt, der Zusammenhang mit den mütterlichen Verwandten
sich nicht mehr aufrecht erhalten lässt. Kann der ganze
Totem zusammenleben, so wird es als natürlich erscheinen,
dass das Kind, das sich täglich mit dem avunculus vergnügt, in
ihm auch seinen Schutzherrn findet; wenn aber der Nahrungs-
mangel die Mitglieder des Totems nöthigt, auseinander-
zugehen, so wird Mann, Frau und Kind zusammenbleiben
müssen, denn diese brauchen sich, wenn ein volles mensch-
liches Leben erfolgen soll.

Wird diese Trennung zu einer definitiven, so erscheint
der rechtliche Zusammenhalt mit dem avunculus, den man
nun schon nicht mehr kennt, als Unnatur. Daraus ergibt sich
wieder, dass gerade bei den Stämmen, denen die Natur ein
hordenweises Zusammenleben gestattete, das Mutterrecht sich
nachhaltiger bewähren musste, als bei den Stämmen, welche
die Kargheit der Nahrungs- und Hilfsmittel schnell aus-
einandersprengte; wie ich dies bereits anderwärts entwickelt
habe [195]).

Daraus erklärt sich auch das verhältnissmässig schnelle Verschwinden des Mutterrechts bei australischen Stämmen und
das lange Haften des Prinzips bei den Rothhäuten.

Ueber die Australvölker mit Mutter- und Vaterrecht habe
ich bereits, Recht der Australneger S. 345 f. (Zeitschr. für
vergl. Rechtswissenschaft VII), gehandelt. Beizufügen ist:
M u t t e r r e c h t haben die Stämme in New Norcia im

---

[195]) Ausland 1893 S. 321 f.

Westen [196]), Stämme am Darling [197]), bei Port Mackay [198]), am Maryfluss [199]), am Mount Gambier [200]), Centralstämme [201]).

Vaterrechte bekennen die Larrakia (bei Port Darwin) [202]), die Ngurla am Greyfluss [203]), die Stämme der Nicolsbay [204]), in Eucla [205]), in Gippsland [206]), die Dieri mit den verwandten Stämmen [207]), die Stämme in Powells Creek [208]), am Victoriafluss [209]).

Von den Rothhäuten aber gilt Folgendes:
Mutterrechtlich sind vor allem die Irokesen in all ihren Auszweigungen: das Kind folgt dem Totem der Mutter, der Vater steht ausserhalb des Totems [210]); sodann die Delaware und Mohikan [211]), die Wyandot [212]), überhaupt die Huronen [213]); ebenso die Oto, Minnitari, Raben und Krähen [213a]), die

---

[196]) Curr I p. 322.

[197]) Curr II p. 197; Bonney im Journal of the Anthrop. Inst. XIII p. 129. Daher entscheidet hier auch der Onkel, ob der Neugeborene am Leben bleiben soll, oder nicht ib. p. 125.

[198]) Wie aus Curr III p. 45 hervorgeht.

[199]) Wie aus Curr III p. 163 hervorgeht.

[200]) Fison p. 34 nach Stewart, der auch der Gewährsmann Curr's ist.

[201]) Willshire im Journal XXIV p. 183.

[202]) Curr I p. 252, auch im Journal XXIV p. 193.

[203]) Curr I p. 291.   [204]) Ergibt sich aus Curr I p. 298.

[205]) Curr I p. 402.   [206]) Curr III p. 546.

[207]) Gason im Journal XXIV p. 168.

[208]) Journal XXIV p. 177.

[209]) Crauford im Journal XXIV p. 180.

[210]) Lafitau I p. 471. 558 f. 563; Schoolcraft p. 128; Morgan, League p. 84 f.; Consanguinity p. 139. 165; Contrib. p. 5 und 66; Ancient Soc. p. 153; Colden p. 18; Hale p. 65.

[211]) Loskiel S. 79; Dwight IV p. 198; Morgan, Ancient Soc. p. 174. Verwandte Stämme, namentlich die Ojibwä und Potawattami sind zum Vaterrecht übergegangen, Morgan p. 106 f. Vgl. S. 62.

[212]) Powell, 1 Report p. 61. 63; Parkman, Jesuits p. LI.

[213]) Vgl. Champlain (Anfang des 17. Jahrh.) von den Attiguatan: ils (nämlich die Kinder) ne succèdent jamais à leurs biens, mais font leurs héritiers et successeurs les enfants de leurs sœurs, Champlain I p. 384.

[213a]) Morgan, Anc. Soc. p. 156. 158 ff.

Dacota, die Crik, Chocta, Chicasa, Chirokesen[214]);
ferner die Virginiastämme[215]), die Stämme in Carolina[216]),
die Natschez[217]), die Navajos[217a]), Zunis[217b]).

Mutterrechtlich sind die Columbiavölker: das Kind folgt
dem Totem der Mutter[218]), so wenigstens die Stämme des
Nordens; bei den südlichen Columbiastämmen dagegen herrscht,
wie in Kalifornien, Vaterrecht[219]).

Von Stämmen im Innern von Columbia wird berichtet,
dass der Mann der Frau an ihre Wohnstätte folgt, weil die
Frau in dieser gewohnten Umgebung besser arbeiten könne,
und dass die Haushaltungssachen alle der Frau gehören[220]).

Dagegen sind die Cegihaindianer, namentlich die
Omaha, vaterrechtlich: nur die Kinder von Mischlingen folgen
der Mutter. So auch die Punka, Jowa, Kau, Winnibago[221]).

So sind die Mandan vaterrechtlich: der Sohn folgt dem
Totem des Vaters[222]); ebenso die Caddo (Pauni), die Miami,
Schauni, Sauk, Schwarzfüsse[223]).

Vaterrechtlich sind ferner die Oregonstämme[224]), und
in der Regel die Kalifornier[225]).

---

[214]) Parkman p. LII; Morgan, A. S. p. 161 f. So erbt bei den Crik
namentlich die Häuptlingswürde nach der uterinen Seite, Swan, p. 273.

[215]) So erbte hier nach Strachey (Anfang des 17. Jahrh.) p. 70 die
Häuptlingschaft auf Brüder und auf Schwestersöhne, nicht auf den Sohn.

[216]) Lawson, Account of Carolina p. 185; auch bei der Häuptlingschaft, p. 195.　　　　[217]) Nachweise bei Waitz III S. 108.

[217a]) Matthews, Journ. of Folk-lore III p. 105.

[217b]) Tylor, Nineteenth Century (1896) p. 88.

[218]) Mayne, Four years in Brit. Columb. p. 258.

[219]) Boas, 24 Procedings p. 422.

[220]) Nachweise bei Bancroft I p. 277.

[221]) Dorsey p. 225; Morgan, Anc. Soc. p. 155 f.

[222]) Catlin I p. 136.

[223]) Ten Kate, Reizen p. 375; Morgan, Anc. Soc. p. 168 f.

[224]) Gibbs, Contrib. I p. 187. So insbesondere die Nez Percés,
vgl. Alvord in Schoolcraft V p. 652: Sohnserbfolge in Häuptlingschaft
und in Zauberei.

[225]) Vgl. darüber unten S. 59.

Mutterrechtlich dagegen sind wieder die Indianer des Nordens: die Kutschin [226]), die Kenayer (nächster Erbe ist der Schwestersohn)[227]), ferner, wie es scheint, die Aleuten (wo der Mann nicht mit der Frau zusammenwohnt)[228]), und sicher die Tlinkit und Haida [229]). Die Konjägen sind im Uebergang begriffen: denn hier geht das Erbe zwar an den Bruder, von diesem aber auf denjenigen Sohn des Verstorbenen, den dieser hierzu bestimmt[230]).

Ein merkwürdiges Mischsystem finden wir bei den Innuit (Eskimos).

In thesi gilt Vaterrecht: Erbe ist der älteste Sohn[231]), selbst wenn er der Adoptivsohn ist[232]).

Dagegen:

1. bei der Ehescheidung folgen die Kinder der Mutter[233]);

2. die Verheiratheten ziehen zunächst in die Wohnung der Eltern der Frau: Schwiegerdienst; erst nach deren Tode bilden sie einen eigenen Hausstand[234]).

Die Consequenzen des Mutter- und Vaterrechts werden von den Stämmen gezogen, wie folgt:

Bei den Irokesen gilt kein Erbrecht der Kinder, sondern der Mann wird von seinem eigenen Totem beerbt; nur lässt man es bestehen, wenn er seinen eigenen Kindern etwas zuwendet[235]).

---

[226]) Dall, Alaska p. 197; vgl. auch Bancroft I p. 132.

[227]) Wrangell I S. 104.

[228]) Badlam, Wonders of Alaska p. 71.

[229]) Holmberg S. 325; Krause S. 220. 312; Dall, Alaska p. 414 ff. Auch der Sklave gehört, wenn freigelassen, zum Totem seiner Mutter, Holmberg S. 331.

[230]) Holmberg S. 399.

[231]) Rink p. 25; Boas, 6 Report p. 580. 581.

[232]) Boas p. 581.

[233]) Rink p. 25.

[234]) Boas p. 579; vgl. besonders auch über die Kaniag: Dall p. 402.

[235]) Morgan, League p. 327. Ueber letztere Abschwächung des Mutterrechts vgl. meinen Aufsatz im Ausland 1893 S. 322.

So wird von den Wyandot ausdrücklich bestätigt, dass, bei der Trennung, die Kinder der Mutter folgen: und dass der Mann von seinem Bruder oder von seinem Schwestersohn, das ·Weib von der ältesten Tochter beerbt wird[236]).

Ebenso gilt von den Tlinkit, dass nicht nur der Schwestersohn der nächste Erbe ist, sondern auch der Stand der Mutter über Freiheit und Unfreiheit entschwindet[237]).

So finden wir bei den Wyandot, dass der Mann oft in den Totem der Frau übersiedelt, obgleich er seinen Totem beibehält[238]).

Dasselbe gilt bei den sonst vaterrechtlichen Sauk, wesshalb auch der Mann im Falle des Kriegs zu seinem Totem zurückkehren muss[239]).

Bei manchen Stämmen zieht der Mann in das Haus seines Schwiegervaters[239a]), so bei Golfstämmen[240]), so bei den Tlinkit, solange die Ehegatten sich nicht selbstständig machen[241]); so bei den Cri[241a]); auch bei den Mandan[241b]).

So auch bei Kaliforniern:

Hier findet sich, wie bei den Malaien, eine doppelte Eheform: die regelmässige ist Vaterrecht mit vollem Frauenkauf; es kommt aber auch vor, dass der Bräutigam nur den halben Preis bezahlt: in diesem Fall siedelt der Mann in das Haus seiner Frau über und wird Diener des dortigen Haushaltes;

---

[236]) Powell p. 64. 65.
[237]) Dall, Alaska p. 414. 417. 420.
[238]) Powell, 1 Report p. 63. Interessant ist auch, dass nach der Morgan'schen Tabelle II, 240. 241 bei den Delaware der Schwiegervater den Schwiegersohn seinen Jäger und die Schwiegertochter (?) seine Köchin nennt, was auf ein Dienstverhältniss im Schwiegerhause hindeutet.
[239]) Long I p. 219.   [239a]) Bei den Kwakiutl erwirbt der Schwiegersohn das Wappen des Schwiegervaters, Boas, Festgabe S. 437.
[240]) Jones, Antiquities p. 65. Bei den Crik heisst Schwiegersohn und Schwiegertochter (?) unhutisse, was Morgan, Tafeln II, 239—242, mit my hanger·on übersetzt.
[241]) Dall p. 415; Krause S. 220.
[241a]) Franklin I p. 109.
[241b]) Prinz zu Wied II S. 129.

so bei den Yurok[242]), den Patawa[243]), den Patwin[244]). Man spricht hier von Halbehe.

Der Brauch der Uebersiedelung wird auch von den Yokuten bestätigt, obgleich hier der Mann ein Recht über Leben und Tod hat[245]).

Natürlich haben bei den Mutterrechtsvölkern die Frauenverwandten die Entscheidung, mindestens die Hauptentscheidung, über die Zulassung der Ehe.

Bei den Irokesen vermittelt die Mutter die Ehe[246]); ebenso erfolgt bei den Crik die Brautwerbung bei den weiblichen Verwandten der Braut, also namentlich der Mutter; Bruder und Mutterbruder werden auch befragt, der Vater regelmässig nicht[247]).

Bezeichnend ist es auch, dass bei Mutterrechtsvölkern, sobald die Benennung eine atavistische ist, der Name eines mütterlichen Verwandten gewählt wird; so bei den Haida[248]): eines Bruders der Mutter; so auch bei den Tlinkit, aber mit einer alsbald zu erwähnenden Modifikation[249]).

Einige Uebergangsbildungen zum Vaterrecht sind bereits oben erwähnt worden. Auch bei Tlinkit lässt sich Folgendes nachweisen:

1. das Kind bekommt den Namen eines mütterlichen Vorfahren, später wird der Name eines väterlichen Ahnen zugelegt[250]);

2. bei den Schamanen erbt öfters der Sohn oder Enkel die schamanische Begabung, und damit die Schamanenwürde und die hiezu erforderlichen Geräthschaften[251]).

---

[242]) Powers p. 56.
[243]) Powers p. 98.
[244]) Powers p. 221.
[245]) Powers p. 382.
[246]) Morgan, League p. 321 f.; vgl. auch Heckewelder S. 257.
[247]) Swan in Schoolcraft V p. 268; Jones, Antiquities p. 65.
[248]) Krause S. 310.
[249]) Dall, Alaska p. 414; Krause S. 217.
[250]) Dall, Alaska p. 414; Krause S. 217.
[251]) Dall p. 425; Krause S. 284.

Auch die Couvade, das Zeugniss des aufkeimenden
Vaterrechts ist nachzuweisen: so bei kalifornischen Stämmen:
hier darf der Vater nach der Geburt 4 Tage lang nicht aus
der Hütte[252]); oder gar 14—20 Tage, und muss sich vieler
Lebensmittel enthalten[253]).

Von Stämmen in Südkalifornien wird das volle Männer-
kindbett bestätigt. So sagt ein Bericht aus 1739: Entre los
Californios se halló la misma barbara mostruosidad, que se lee
con risa en las historias del Brasil. Las mugeres resien pari-
das iban luego al agua a bañarse, y a lavar sus criaturas,
postandose en lo demàs sus resguardo alguno, saliendo al monte
por leña y a buscar alimentos y trabajando en todo lo demàs,
que el marido havia menester. Este barbaro entretanto hacia
el papel de fatigado y doliente, retirado en su cueva o ten-
dido baxo de un arbol, muy resguardando por tres o quatro
dias. So Venegas I, p. 94.

Auch bei den Innuit haben wir Spuren: Mann und
Frau dürfen im Jahre der Geburt eines Kindes das Sednafest
nicht mitmachen[254]).

§ 7.

So finden wir also bei den Indianern wie bei den Australnegern unter verschiedenen Stämmen bald Mutter-, bald Vaterrecht. Da nun aber an der Einheit der Abstammung aller
Australstämme einerseits, und aller Indianerstämme anderseits
nicht wohl zu zweifeln ist, und da bei dem Urstamm eine
solche Differenz in den Grundbedingungen der Organisation
gewiss nicht obwaltete, so ist sicher das eine oder andere
das ursprüngliche; dies umsomehr, als wir bei manchen Stämmen,
wie den Algonkin, die Differenzirung iu ihrer eigenen Mitte
finden und auch so nahe verbundene Stämme, wie die Punka
und Oto ein entgegengesetztes System verfolgen.

---

252) Wrangell I S. 87.
253) Boscana p. 283. Vgl. auch Bancroft I p. 412.
254) Boas, 6 Report p. 605. 611.

Dass nun das Mutterrecht das ursprüngliche war, das beweisen
1. die obigen Erwägungen bezüglich der Gestaltung der
totemistischen Gemeinschaft; sodann Folgendes:
2. Wir haben historische Beweise, dass Völker sich vom
Mutterrecht zum Vaterrecht gewendet haben; dagegen ist meines
Wissens bis jetzt noch kein Fall des Gegentheils nachgewiesen
worden. Die historischen Belege haben wir bei den malaiischen
Stämmen, wo wir Schritt für Schritt darthun können, wie das
Mutterrecht mit dem adat kamanakans sich zum Vaterrecht
gestaltet hat; ebenso bei afrikanischen Völkern[255]); ebenso
aber auch bei Rothhautstämmen, namentlich den Algonkin und
Schauni, die nachweisbar früher mutterrechtlich waren[256]).
3. Es ist sachlich wahrscheinlicher, dass das Mutterrecht in
das Vaterrecht übergeht, als umgekehrt. Die sich zersplit-
ternde Genossenschaft kann, namentlich bei Dürftigkeit der
Subsistenzmittel, ein solches Verhältniss, wo der werbende Theil
von den durch nothwendigen Lebensumgang verbundenen Personen (Frau und Kinder) organisatorisch getrennt ist, nicht
auf die Dauer ertragen; insbesondere dann nicht, wenn der
Vermögenserwerb nicht mehr bloss ein momentaner Genuss-
erwerb, sondern ein dauernder Kapitalerwerb wird. Es gilt
hier, was oben (S. 55) bemerkt worden ist. Daher bringt es
jede Kolonisation mit sich, dass der Mann die Frau an sich
nimmt, sie also der Gemeinschaft ihrer Familie faktisch entzieht,
und mit der Frau zugleich ihre Kinder.
4. Kulturhistorisch sicher beglaubigte Institute, wie Frauen-
raub und Frauenkauf sind völlig dazu angethan, das Vaterrecht herauszubilden; und es zeigt sich vielfach bei der Doppel-
form der Ehe, je nachdem der Kaufpreis bezahlt wird oder
nicht, der tiefgreifende Einfluss dieser Bildungsfaktoren. So
auch bei amerikanischen Stämmen oben S. 59 f.
5. Bei Völkern, wo sich das uralte Institut des Totemismus

---

[255]) Ausland 1893 S. 321 f.; Negerrecht S. 3 f.
[256]) Morgan, Anc. Soc. p. 166. 170. Vgl. oben Note 211. 223.

besonders lebhaft erhalten hat, ist das Mutterrecht in voller Blüthe, so bei den Tlinkit.

6. Sodann aber sprechen für den Uebergang zum Vater-recht auch die aus der früheren Periode stammenden Reminis-cenzen. Diese sind bei den Rothhäuten besonders lebhaft. Wie bemerkt, sind die Omaha vaterrechtlich; aber:

a) nicht der Vater übt die Gewalt über die Töchter, sondern der Bruder und der Mutterbruder: diese werden gehört, wenn die Tochter heirathen soll[257]); sie züchtigen sie, wenn sie auf Abwege geräth[258]);

b) das Erbe geht zwar an die Söhne, in deren Ermang-lung aber an Brüder, Schwestern, Mutterbruder und Schwestersohn[259]).

c) Das ehemalige Mutterrecht beweist auch der Umstand, dass das Eheverbot nicht auf die agnatischen Linie beschränkt ist. Denn die Verheirathung ist nicht nur im eigenen Totem unter-sagt (der zugleich der Totem des Vaters, des Vatervaters ist u. s. w.), sie ist auch ausgeschlossen im Totem der Mutter und im Untertotem der väterlichen und mütterlichen Gross-mutter und Urgrossmutter, sie ist ausgeschlossen mit der Schwestertochter[260]).

Also a) Avunculat, b) subsidiäres Erbrecht, c) Eheverbot; von diesen survivals lässt sich namentlich das Avunculat auch bei dem verwandten Stamme der Jowa nachweisen[261]).

Die Betrachtung der Australier und der Indianerstämme gibt uns also die sicheren Belege dafür, dass sich mindestens diese grossen Völkerkreise aus dem Mutterrecht zum Vater-recht hervorgerungen haben und dass das Mutterrecht das ursprüngliche gewesen ist. Dass dies auch für andere Völker-stämme einen Analogieschluss zulässt, ist offensichtlich; und

---

[257]) Dorsey p. 268.
[258]) Dorsey p. 365.
[259]) Dorsey p. 367.
[260]) Dorsey p. 256 f.
[261]) Morgan, Consanguinity p. 158.

wenn man uns hiergegen auf verschiedene Völker niederer Kulturstufe mit Vaterrecht hinweist, so hat dieser Hinweis keine Bedeutung: er zeugt von jener oben gerügten, völlig unrichtigen Methode, der jede wissenschaftliche Basis abgeht.

§ 8.

Der Totemismus führt direkt zur Gruppenehe.

Heirathet das eine Thier das andere, der eine Totem den anderen, so ergibt sich von selbst, dass die Männer des einen die Weiber des anderen heirathen, und so wechselseitig. Wer als Mann das Abzeichen des Totems A trägt, mischt sich mit den Weibern, die das Abzeichen des Totems B tragen, und umgekehrt.

Das führt aber allerdings dazu, dass sich Männer mit ihren Töchtern mischen, während die Mischung von Mutter und Sohn durch die Gleichheit des Totems ausgeschlossen ist, ebenso wie die Mischung von Bruder und Schwester. Eine grosse Neuerung nun ist die weitere Schranke in der Eheschliessung. Die Mischung von Vater und Tochter muss jedenfalls dann aufhören, wenn das Vaterrecht erkeimt, da jetzt Vater und Tochter demselben Totem angehören, wobei dann das bisherige Verbot der Beziehung von Mutter zu Sohn, das aus dem Mutterrechte herstammt, bestehen bleibt. Es treten aber schon vor Aufkommen des Vaterrechts Schranken ein, indem die Verbindung von Vater und Tochter perhorrescirt wird; und da bilden sich nun verschiedene Systeme, deren einfachstes darin besteht, dass jeder Totem in 3 Generationsstufen zerfällt, wovon jeweils die eine Generationsstufe in die entsprechende des anderen Totems heirathet; oder aber es wird eine Ueberspringung der Generationsstufe gestattet, aber nur in solcher Weise, dass stets die Verbindung von Vater und Tochter ausgeschlossen bleibt. Wie sich dies gestaltet, ist unten (S. 117 f.) zu zeigen.

Die Richtigkeit dieser Totementwickelung beweist auch die Thatsache, dass sich beim Untergang der Totemverfassung und ihrem Aufgehen in die Stammesverfassung derselbe Prozess wiederholt: man theilt den Stamm in mehrere Generationsstufeu ein, wovon die ältere Generationsstufe in die ältere, die jüngere in die jüngere hineinheirathet; und darum ist das Beispiel der Australier (oben S. 47 f.) so überaus belehrend. Eine weitere Vermischung, welche man zu perhorresciren anfängt, ist die Vermischung des Schwiegervaters mit der Schwiegertochter, der Schwiegermutter mit dem Schwiegersohn: denn hier mischt sich der Vater mit der nämlichen Frau wie der Sohn, die Mutter mit dem nämlichen Mann, wie die Tochter; dies gilt als analoge Naturwidrigkeit. Wie man hier einschritt, zeigt das Beispiel der Omaha: ein Mann kann kein Weib heirathen, das zum Subtotem des Weibes seines Sohnes gehört, ein Weib keinen Mann, der ihr Schwiegersohn ist[262]).

Dies sind Differenzirungen, die sich in der Totemgruppe gebildet haben: die ganze Geschichte der Gruppenehe ist eine Geschichte der Einschränkung der Heirath von Totem zu Totem durch Abscheidung von Untertotems, wobei der Ehe durch die Untertotems bestimmte Normen gesetzt wurden[262a]).

Dass aber die Gruppenehe mit dem Totemsystem zusammenhängt, ist wichtig; wir werden, wo immer wir Reminiscenzen des Totemismus finden, an eine ehemalige Gruppenehe gemahnt werden, und es wird sich die Wahrscheinlichkeit ergeben, dass auch hier die Gruppenehe gewaltet hat; welche Wahrscheinlichkeit durch weitere Gründe gefördert werden kann.

III.
Gruppenehe der Rothhäute, Australier und Drawida.
1. Rothhäute und Drawida.
§ 1.

Zu dem, nicht bedeutendsten, aber förderndsten, was auf diesem Gebiete geleistet worden ist, gehören die Forschungen von Owen Dorsey über die Omaha im III. Annual Re-

---

) Dorsey p. 257.
[262a]) Ueber die Cousinehe vgl. S. 120 f.

port. des Bureau of Ethnology von Washington p. 211 f.
p. 252 f.

Namentlich sind die hier beigegebenen, auf genaueste
Erkundung hin ausgearbeiteten Verwandtschaftstabellen ge-
radezu grundlegend für den Forscher.

Die bewunderungswürdige Consequenz, welche dieselben
in der Entwickelung einer bestimmten Ausgangsidee zeigen,
gibt uns die Gewissheit, dass wir es hier nicht mit Willkür,
Zufall, Unzulänglichkeit, sondern mit einer Naturerscheinung
des Menschengeschlechts zu thun haben, aus der sich die Verwandtschaftsbenennung als adäquate Ausdrucksform gibt[268]).

Im Folgenden werden die Dorsey'schen und die Morganschen Tafeln benutzt werden. Die Benennung der Verwandt-
schaftstypen habe ich der Omahasprache entlehnt, wobei ich
allerdings die nähere diakritische Buchstabenbezeichnungsform,
die sich bei Dorsey findet, als für unseren Zweck unerheb-
lich, bei Seite lasse.

Die Gruppeneheverwandtschaft findet sich bei den Indianern
in drei Formen:

Zunächst in der Form, dass die gleichen Generationen sich
mit einander mischen: also die Brüder einerseits und die
Schwestern andererseits;

oder in der Omahaform, dass ausserdem der Mann sich mit
der Tante und Nichte seiner Frau verbindet; oder in der
Choctaform, dass die Frau zugleich den Onkel und den
Neffen des Mannes ehelicht.

Aus der ersten (reinen) Form, welche auch die der
Australneger und Drawida ist, ergibt sich die allgemeine
klassifikatorische Bezeichnung;

aus der zweiten und dritten Form entspringen andere,

---

[268]) Die ausgezeichneten sehr ins Einzelne dringenden Verwandt-
schaftsangaben bei Dorsey bestätigen zugleich die Namen bei Morgan,
was die Omaha angeht, in glänzender Weise; nur muss man natürlich
die noch etwas wilde, anglisierte Schreibweise bei Morgan berücksichtigen, und sodann, dass er die Partikel wi = mein dem Worte vorsetzt.

eigenartig complicirte Verhältnisse, die unten (S. 82 f. 93 f.) genau zu entwickeln sind [264]).

§ 2.

Hier folgen zunächst die allgemeinen Daten der klassifikatorischen Verwandtschaft, unter Zugrundlegung der Omahasprache.

I. Vater = Bruder des Vaters,
       = Sohn des agnatischen Grossvaterbruders,
       = Enkel des agnatischen Urgrossvaterbruders.

Also nach folgendem Schema:

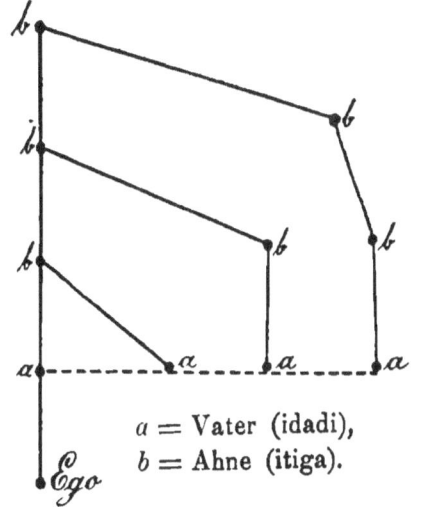

a = Vater (idadi),
b = Ahne (itiga).

So auch die bei Morgan II, 61. 166. 207 angeführten Sprachen.

Bemerkenswerth ist dabei, dass unter den Ahnen der Grad der Verwandtschaft nicht weiter differenzirt wird; wie man auch bei der Bezeichnung der Descendenten nicht unter die Enkelbezeichnung hinuntergeht: man kennt eben nur drei Generationsstufen.

---

[264]) Vgl. zum folgenden auch Bernhöft, Verwandtschaftsnamen und Eheformen der Nordamerikanischen Volksstämme.

II. Mutter = Schwester der Mutter,
     = Tochter der Muttermutterschwester,
     = Enkelin der Muttermuttermutterschwester.

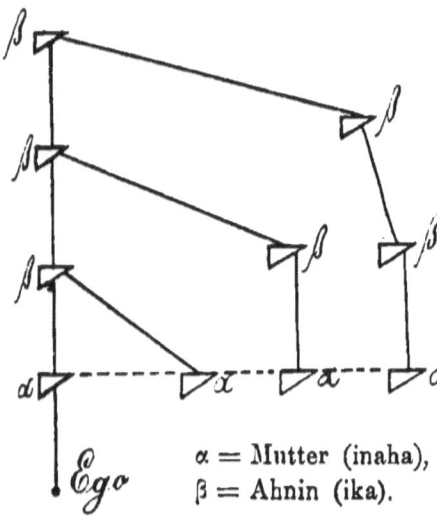

α = Mutter (inaha),
β = Ahnin (ika).

So auch die bei Morgan II, 139. 196. 225 gegebenen Nachweise.

III. Mutter ist ferner jede Frau von I, Vater ist jeder Ehemann von II. Vergl. Morgan II, 62. 140. Siehe darüber auch unten S. 102.

IV. Grossvater = Bruder des Grossvaters = Sohn des Vatervatervaterbruders, Grossmutter = Schwester der Grossmutter

= Tochter der Muttermuttermutterschwester.

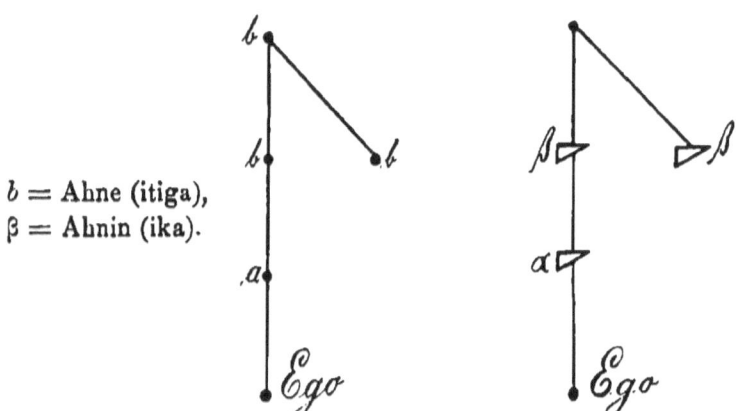

b = Ahne (itiga),
β = Ahnin (ika).

So auch Morgan II, 165. 206; 195. 224.

V. Sohn = Sohn des Bruders,
   = Sohnsohn des Vaterbruders,
   = Mutterschwestersohnsohn.

VI. Tochter = Tochter des Bruders,
   = Tochter des Sohnes des Vaterbruders,
   = Mutterschwestersohnstochter.

VII. Enkel = Enkel des Bruders,
   = Urenkel des Vaterbruders.

VIII. Bruder = Sohn des Vaterbruders oder irgend eines, der ihm gleichsteht,
   = Sohn der Mutterschwester oder irgend einer, die ihr gleichsteht.

IX. Schwester = Tochter des Vaterbruders oder irgend eines, der ihm gleichsteht,
   = Tochter der Mutterschwester oder irgend einer, die ihr gleichsteht.

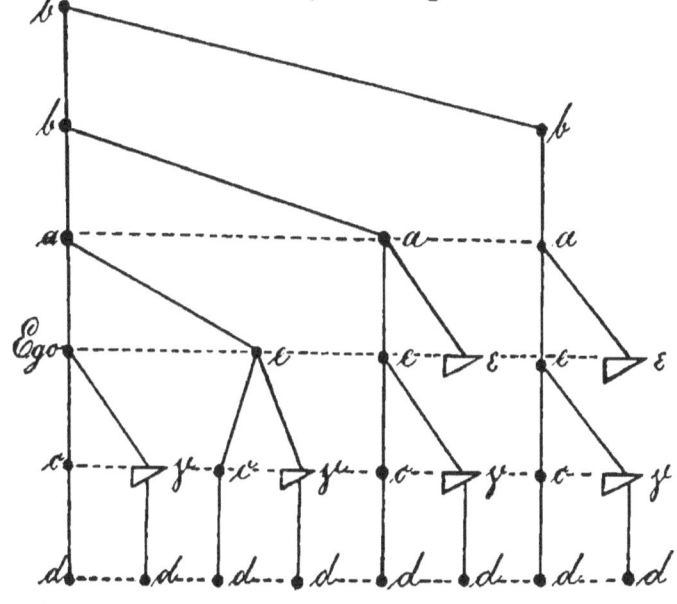

c = Sohn (ijinge),   γ = Tochter (ijange),   e = Bruder (ijice),
ε = Schwester (itange),   d = Enkel (itucpa).

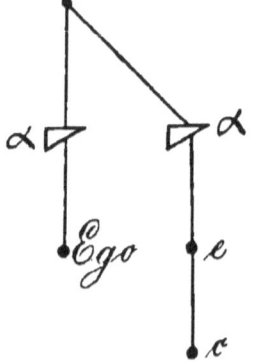

Ebenso:

α = Mutter (inaha),

e = Bruder (ijice),

c = Sohn (ijinge).

So die Morgan'schen Tafeln:

ad V: Tafel II, 29. 75. 169. 209; 153.

ad VI: Tafel II, 31. 77. 171; 155.

ad VII: Tafel II, 33. 83. 173. 210.

ad VIII: Tafel II, 63—66. 167. 168. 208. 141—144.

ad IX: Tafel II: 69—72. 197. 198. 226. 147—150.

Nun differenzirt aber das Recht der Rothhäute, ebenso wie das der Australier, was die Söhne der Schwester betrifft: diese werden anders behandelt als die Söhne der Brüder, sie gelten nicht als Söhne, sondern sie tragen ihren eigenen Namen: sie sind Neffen und die Töchter: Nichten.

So aber nur, wenn Ego ein Mann ist. Ist Ego ein Weib, so gilt das Umgekehrte:

der Sohn des Bruders ist Neffe,

der Sohn der Schwester ist Sohn.

In beiden Fällen ist unter Bruder und Schwester der Begriff in dem eben besprochenen klassifikatorischen Sinne verstanden.

Dass aber der Sohn der Schwester = Sohn, wenn Ego ein Weib ist, ergibt sich aus Morgan II, 53. 55. 80. 82. 158. 160.

Hiernach ist (bei Ego als Mann)

X. Neffe = Sohn der Schwester,

= Sohn der Tochter des Vaterbruders,

= Sohn der Tochter der Mutterschwester.

Nichte = Tochter der Schwester,
   = Tochter der Tochter des Vaterbruders,
   = Tochter der Tochter der Mutterschwester.

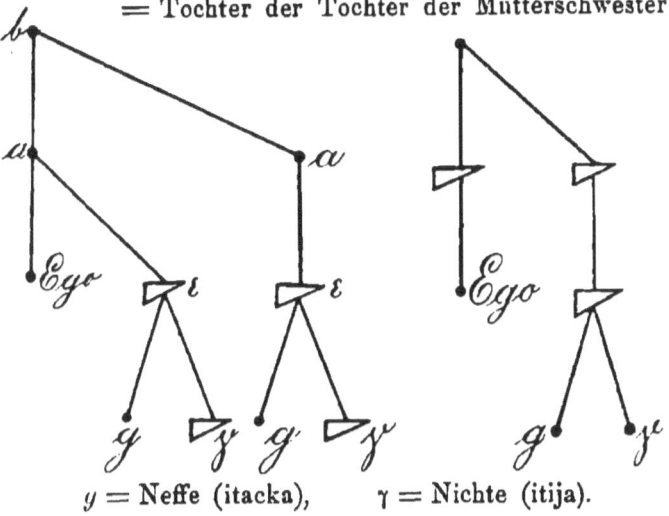

y = Neffe (itacka),   γ = Nichte (itija).

So auch Morgan Tafel II, 37. 39. 79. 81. 157. 159.
   Ist Ego ein Weib, so ist
Neffe = Sohn des Bruders (und dessen, der ihm gleichsteht),
Nichte = Tochter des Bruders (und dessen, der ihm gleichsteht).

y = Neffe (itucka),
γ = Nichte (itujange).

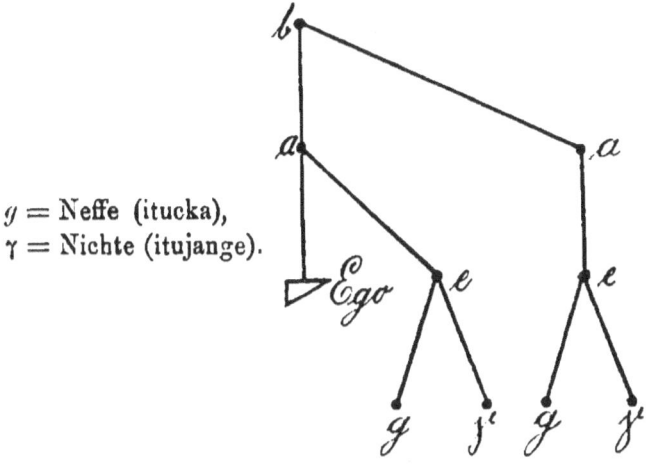

So auch die Morgan'schen Tafeln II, 45. 47. 76. 78. 154. 156 [264a]).

Sodann differenziren die Rothhäute (wie die Australier) folgendermassen: Während sie den Vaterbruder dem Vater, die Mutterschwester der Mutter gleichstellen, so haben sie eine besondere Bezeichnung für den Bruder der Mutter und für die Schwester des Vaters.

Daher

XI. Onkel = Bruder der Mutter (und derjenigen, die ihr gleichsteht).

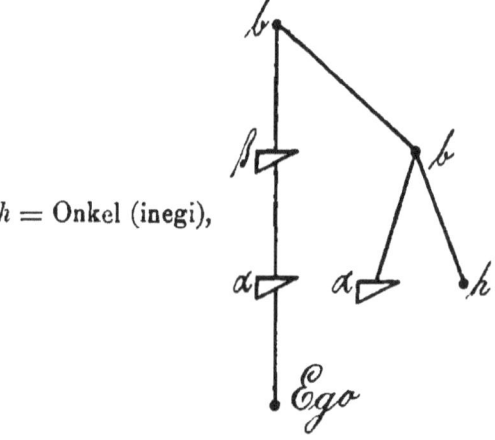

$h =$ Onkel (inegi),

So Morgan Tafel II, 113. 186. 219 [265]).

XII. Tante = Schwester des Vaters (und des, der ihm gleichsteht).

[264a]) In der Uebersetzung von Tafel II 78 ist ein Fehler: von Nr. 10—24 sind die Namen irrig mit daughter, statt niece übersetzt, wie das die Vergleichung mit Tafel II 47, II 39, II 81, II 201 evident erweist. Ausserdem bezeichnet Morgan den Neffen vom Standpunkt des Mannes (g = Schwestersohn) und den vom Standpunkt des Weibes (g = Brudersohn) gleich, während Dorsey für Neffe und Nichte in beidem Sinne differente Bezeichnungen hat.

[265]) So nach Morgan; nach Dorsey ist das Resultat für die Omaha nur dann richtig, wenn für den untern b ein Weib (β) steht (S. 91). Aber dies ist Omahaeigenheit.

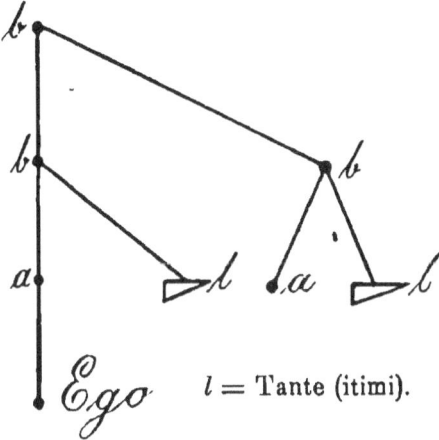

$l =$ Tante (itimi).

So auch Morgan II, 87. 176. 213.

XIII. Onkel ist aber auch bei vielen Stämmen = dem
Ehemanne der Vatersschwester; darüber unten S. 102.

XIV. Tante = der Ehefrau des Mutterbruders; vgl. S. 102.

Die obige Differenzirung wird in höheren Generationen
nicht fortgesetzt; vielmehr tritt hier Gleichstellung ein; daher
ist der Bruder der Grossmutter = Grossvater, die Schwester
des Grossvaters = Grossmutter. So Morgan II, 175. 185.

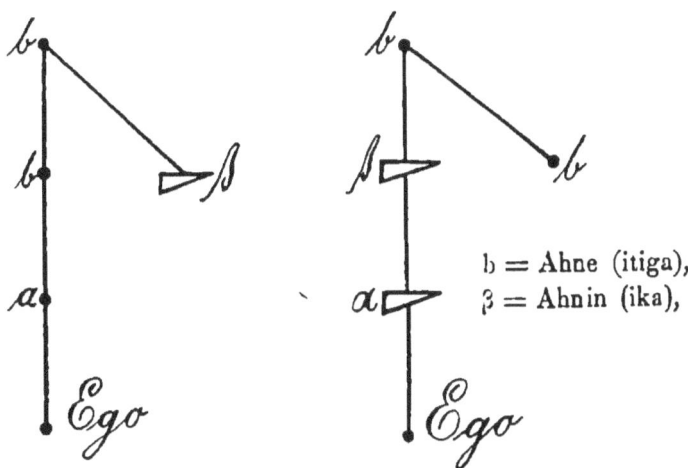

b = Ahne (itiga),
β = Ahnin (ika),

Ebenso sind die Kinder der Neffen und Nichten = Enkel, Morgan II 41—44; 49—52.

XV. Bei dieser klassifikatorischen Verwandtschaft ist eine Bezeichnung für Cousin und Cousine nicht zu entbehren. Allerdings den Vatersbrudersohn und den Sohn der Mutterschwester nenne ich Bruder.

Wie aber den Vatersschwestersohn und den Muttersbrudersohn, d. h. den Sohn des Onkels und den Sohn der Tante?

Da man den Onkel und die Tante differenzirt und für sie einen besonderen Namen hat, so ist es auch consequent, ihre Kinder besonders zu bezeichnen.

So allerdings nicht die Omaha- und Choktavölker, von denen wir momentan abstrahiren müssen; so aber eine grosse Reihe Rothhautstämme, wie die Morgan'schen Tafeln II, 89 bis 92, 115—118 beweisen.

Und das Gleiche gilt, was die Cousine betrifft, so die Morgan'schen Tafeln II, 95—98, 121—124.

XVI. Die Kinder der Cousins aber werden nach Analogie der Kinder von Geschwistern behandelt; also

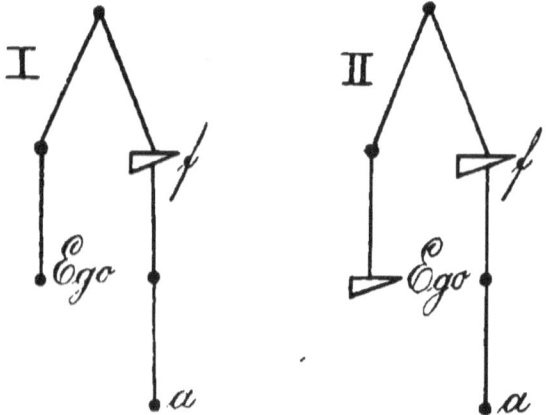

In Fig. I nenne ich den a meinen Sohn, als wie wenn er Sohn eines Bruders wäre; in Fig. II nennt die Frau den a ihren Neffen, wie wenn er der Sohn ihres Bruders wäre; umgekehrt

nenne ich im Fall III den a Neffen, während ihn die Frau
im Falle IV Sohn nennt.

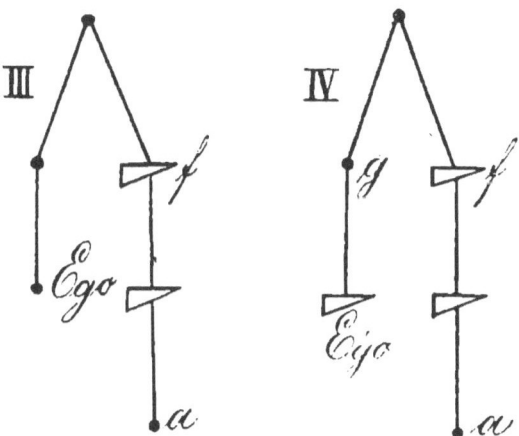

Und analog ist es in den Fällen:

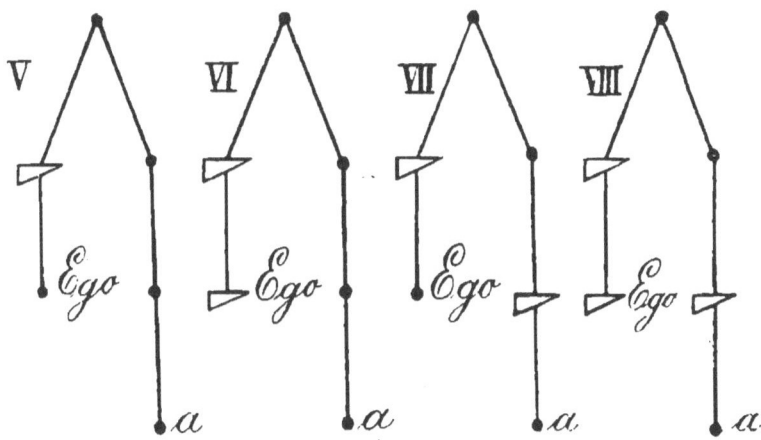

In   V ist a Sohn,
in   VI ist er Neffe,
in VII ist er Neffe,
in VIII ist er Sohn.

Dies wird bestätigt durch die Morgan'schen Tafeln,
wenn auch hier manche Varianten vorkommen, wobei aber

die Stämme des Omahasystems Nr. 18—24; 46—55 und die des Choktasystems Nr. 26—36, welche beide den Cousinbegriff nicht kennen, ausser Betracht bleiben müssen.

Also:

zu   I Morgan II, 101. 103,
zu   II Morgan II, 102. 104,
zu III Morgan II, 105. 107,
zu IV Morgan II, 106. 108,
zu   V Morgan II, 127. 129,
zu VI Morgan II, 128. 130,
zu VII Morgan II, 131. 133,
zu VIII Morgan II, 132. 134.

So wird im Fortgang der Generationen die Sache fortgesetzt.

Daher ist in nebenstehender Figur:

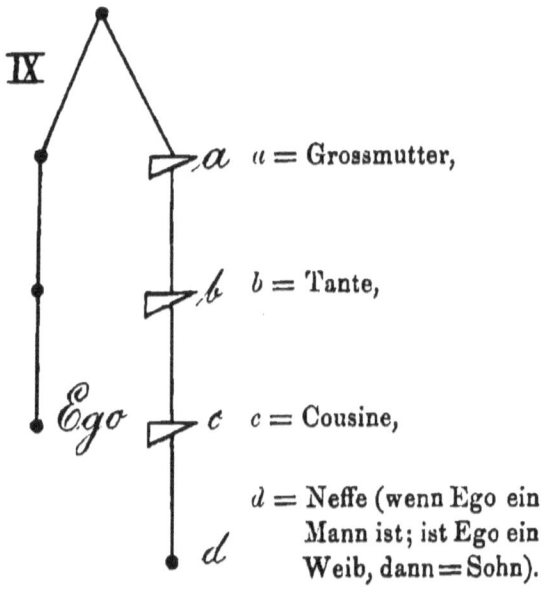

a = Grossmutter,

b = Tante,

c = Cousine,

d = Neffe (wenn Ego ein Mann ist; ist Ego ein Weib, dann = Sohn).

Vergl. Morgan II, 175—182.

Aehnlich:

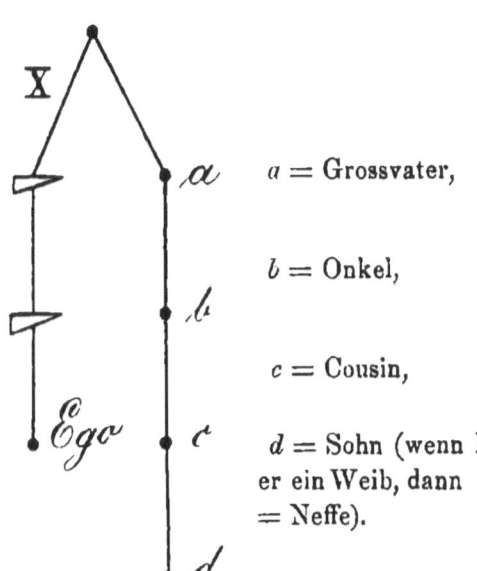

a = Grossvater,

b = Onkel,

c = Cousin,

d = Sohn (wenn Ego ein Mann ist; ist er ein Weib, dann = Neffe).

So Morgan II, 185—192.
Aehnlich:

a = Grossmutter,

b = Grossmutter,

c = Tante,

d = Cousine,

e = Neffe (wenn Ego ein Mann ist; ist er ein Weib, dann = Sohn).

So Morgan II, 211—215.

Endlich

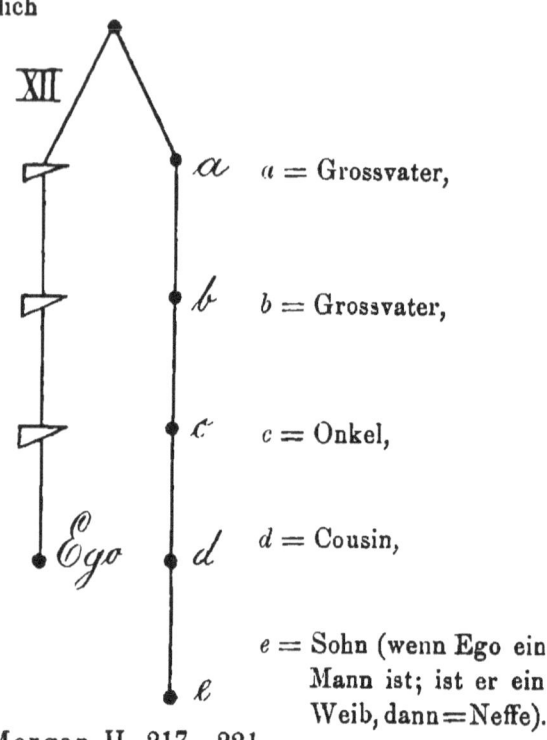

$a =$ Grossvater,

$b =$ Grossvater,

$c =$ Onkel,

$d =$ Cousin,

$e =$ Sohn (wenn Ego ein
Mann ist; ist er ein
Weib, dann = Neffe).

So Morgan II, 217—221.

Hier ist nun eine Bemerkung beizufügen, bei der ein
Blick auf die Verwandtschaft der Drawidavölker nothwendig
wird: die eben besprochene Behandlung des Cousinsohnes =
dem Sohn des Bruders, des Cousinensohnes = dem Sohn der
Schwester, verräth sicher eine gewisse Consequenz; es leuchtet
aber ein, dass auch eine andere Betrachtungsweise möglich
wäre, indem man oben (S. 74) Fig. I sagte:

a ist Sohn des Cousins, allein die Verbindung mit Ego
ist durch das Weib f vermittelt: folglich nennen wir ihn nicht
Sohn, sondern Neffen; und ebenso könnte man in Fig. IV
argumentiren, dass a der Neffe des weiblichen Ego sei, weil
die Verbindung mit ihr durch den Mann g vermittelt ist;

analog in Fall V und Fall VIII. In der That haben so die
Drawidavölker argumentirt: sie nennen den a im Fall I
(Vatersschwestersohnsohn) = Neffen (Morgan III, 101), ebenso
im Fall IV (Morgan III, 106), im Fall V (Morgan III, 127)
und Fall VIII (Morgan III, 132); die Fälle II, III, VI und
VII scheiden hier aus, da in Folge der Cousinehe (von der
S. 121 f. zu handeln ist) a hier nothwendig der Sohn von Ego
ist (Morgan III, 102. 105; III, 128. 131). Immerhin ist es
interessant, wie in Folge dieser Umstände die Drawida
gerade zu dem umgekehrten Resultat gelangt sind: die Rothhäute nennen

den a im Fall I, IV, V, VIII = Sohn,
im Fall II, III, VI, VII = Neffen.

Die Drawida aber nennen

den a im Fall I, IV, V, VIII = Neffen,
im Fall II, III, VI, VII = Sohn.

In den Fällen IX und X treten bei den Drawida einige
Schwankungen ein, wie folgt:

Bei IX ist nämlich d, falls Ego ein Mann ist, bald Sohn, bald
Neffe (Morgan III, 179); das erklärt sich so: haben sich die
Cousins geheirathet, so sind Ego und c Geschwister und d ist
Neffe. Haben sie sich nicht geheirathet, so kann Ego die c
heirathen (als Nachcousin), dann ist d ihr beider Sohn.

Ist Ego ein Weib, so findet sich die gleiche Schwankung,
nur dass die Sache sich umgekehrt verhält: haben sich die
Cousins seiner Zeit geheirathet, so sind Ego und c Schwestern
und d ist als Sohn der Schwester = Sohn; haben sich aber
die Cousins nicht geheirathet, dann wird das Kind d bezüglich der Nachcousinen Ego und c behandelt, wie es bezüglich
der Cousinen behandelt würde; also wie im Falle IV oben,
und mithin ist es Neffe von Ego (Morgan III, 180).

Im Fall X ist, wenn Ego ein Mann ist, d stets Neffe
(im Tamil, Telugu), obschon man eigentlich erwarten sollte,
dass, wenn sich die Cousins heiratheten, Ego und c Brüder und
d hiernach als Brudersohn = Sohn wäre (Morgan III, 189);

ist Ego ein Weib, so ist die Bezeichnung für d im Tamil und Telugu = Sohn (Morgan III, 190).

Im Falle XI und XII haben wir Folgendes; bei XI heisst e Neffe, wenn Ego ein Mann ist (Morgan III, 215), im Fall XII soll e gleichfalls Neffe sein (Morgan III, 221), ohne dass hier weitere Angaben gemacht sind.

Soweit die einfache klassifikatorische Form der Verwandtschaft.

Sie beruht auf der Gruppenehe, bei welcher die Generationen streng aufrecht erhalten werden, wie folgt:

Die Brüder AAA heirathen die Schwestern bbb und die Brüder BBB heirathen die Schwestern aaa: auf diese Weise ergeben sich von selbst die angeführten Gleichungen.

Die Kinder der erstern Ehe haben sämmtliche AAA als Väter (Gruppenväter), sämmtliche bbb als Mütter Gruppenmütter); sie sind unter sich Geschwister (Gruppengeschwister);

ein jeder Mann hat den Sohn seines Bruders als Sohn, ein jedes Weib hat den Sohn seiner Schwester als Sohn.

Das Gleiche gilt für die zweite Ehe: BBB mit aaa.

Dagegen ergeben sich Differenzirungen für den Sohn der Schwester (wenn Ego ein Mann) und für den Sohn des Bruders (wenn Ego ein Weib ist):

denn der Sohn der Schwester des A ist ein Sohn aus der zweiten Gruppenehe, der Ehe aaa mit BBB; und der Sohn des Bruders der b ist ebenfalls Sohn aus der zweiten Gruppenehe BBB mit aaa.

Ebenso ergeben sich die Differenzirungen für Onkel und Tante.

Der Sohn der ersten Gruppenehe (AAA mit bbb) hat die Herren B als Onkels und die Frauen a als Tanten — als Personen der zweiten Ehegruppe; denn das will ja eben der Onkel- und Tantenbegriff sagen: es sind Verwandte aus der anderen Schicht.

Und in gleicher Weise ergeben sich die Differenzirungen bezüglich der Cousins.

§ 3.

Nach diesem Gesetz der klassifikatorischen Verwandt-schaft entwickelt sich die Gruppenehe der Australier durch-gängig — wie ich im Recht der Australneger gezeigt habe. Ebenso die Gruppenehe der Drawida, wie die Morgan'schen Tafeln lehren; nur dass hier die Cousinehe, wie unten zu zeigen, einige Besonderheiten bewirkt.

Daher finden wir auch bei den Drawida (Tamil, Telugu, Canarese) folgende Gleichungen:

I. Vater == Vaterbruder = Sohn des agnatischen Grossvater-bruders = Enkel des agnatischen Urgrossvaterbruders. So Morgan III, 61. 166. 207.

II. Mutter = Mutterschwester = Tochter der Muttermutter-schwester = Enkelin der Muttermuttermutterschwester. So Morgan III, 139. 196. 225.

III. Mutter == Frau von I, Vater = Mann von II. So Morgan III, 62. 140.

Ebenso finden wir die betreffenden Gleichungen

für Grossvater und Grossmutter III, 165. 206; 195. 224,
für Sohn III, 29. 75. 169. 209; 153,
für Tochter III, 31. 77. 171; 155,
für Enkel III, 33. 83. 173. 210,
für Bruder III, 63—66. 167. 168. 208. 141—144,
für Schwester III, 69—72. 197. 198. 226. 147—150,
für Neffen und Nichte III, 37. 39. 79. 81. 157. 159,
  ferner III, 45. 47. 76. 78. 154. 156,
für Sohn und Tochter = Sohn und Tochter der Schwester,
  falls Ego ein Weib ist, III, 53. 55. 80. 82. 158. 160,
für Onkel III, 113. 186. 219,
für Tante III, 87. 176. 213,
für Cousins III, 98—92. 115—118. 95—98. 121—124 [266]).

---

[266]) Die Morgan'schen Tafeln werden auch hier durch die Nach-richt Anderer bestätigt. Nach Marshall, a phrenologist amongst the

Kohler, Zur Urgeschichte der Ehe. 6

Aber die Rothhäute haben zwei wichtige Modifikationen geschaffen, welche grössere Verwickelungen herbeiführen, und die ich als die Omaha- und als die Choktaform bezeichne.

Von den Omaha haben wir durch Dorsey die direkte Nachricht, dass die Gruppenehe sich in der Form findet, dass der Mann neben seiner Frau nicht bloss deren Schwester, sondern auch ihre Nichten und Tanten heirathet oder doch heirathen kann; sie sind seine wirklichen oder doch potentiellen Frauen[267]). Daraus ergibt sich der Schlüssel für eine Reihe von Eigenheiten, die sich bei den Omahas und bei der ganzen Gruppe der mit den Omaha nächst verwandten Völker: den Punka, Jowa, Oto, Kau, Osage[268]) finden; sowie bei den Winnibägo und bei einer Reihe von Algonkinstämmen. Es sind dies die Stämme, welche Morgan als Missouriund Mississippistämme zusammenfasst: es sind Nr. 18—24 und Nr. 46—55 der Morgan'schen Tafeln.

Von den Eigenthümlichkeiten dieser Verwandtschaftsformen sind wir am eingehendsten durch Dorsey unterrichtet, was die Omaha betrifft; bezüglich der übrigen haben wir nur die Morgan'schen Tafeln, welche nicht ganz so weit reichen, aber genügende Belege bieten, um trotz mancher Differenzen im Einzelnen die Gleichmässigkeit des Systems dieser Völker zu bestätigen.

Wenn also der Mann das Weib a sammt der Tante und der Nichte desselben heirathet, also die verschiedenen a nach Figur S. 83, so wird das Kind (Ego) zu allen vier a Mutter sagen; mithin wird sein:

I. Mutter = Schwester des Vaters der Mutter
= Tochter des Onkels,
= Tochter des Sohnes des Onkels.

Todas p. 76 f. ist bei diesen der Vaterbruder = Vater (mit einem Zusatz, ob jünger oder älter), der Vaterbrudersohn = Bruder.

[267]) Dorsey p. 261.

[268]) Ueber die linguistische Verwandtschaft dieser Stämme vgl. Powell im 7 Report p. 115 f. Zum folgenden auch Bernhöft S. 39 f.

II. Vater = Ehemann von I.

III. Bruder = Sohn von I,

        also = Sohn der Schwester des Vaters der Mutter,

           Sohn der Tochter des Onkels,

           Sohn der Tochter des Sohnes des Onkels.

IV. Schwester = Tochter von I.

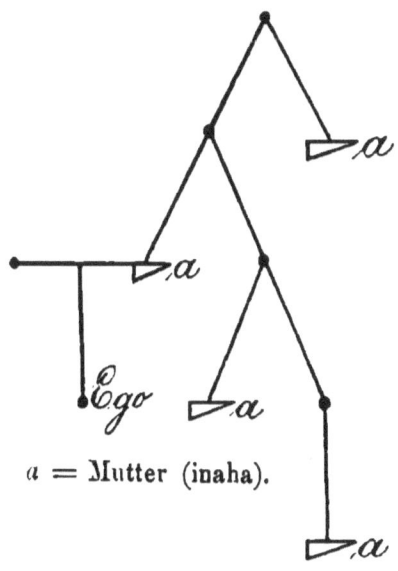

a = Mutter (inaha).

V. Onkel = Bruder von I,

      also = Sohn des Onkels [269]

      = Sohnessohn des Onkels.

VI. Neffe = Sohn von IV,

      Neffe ist auch = Sohn der Tante (falls Ego ein Mann ist).

VII. Die Schwester von V = Mutter, und Ego ihr gegenüber = Sohn.

VIII. Der Ehemann von VII = Vater.

---

[269] Dagegen kann der Vater der Mutter, der als Grossvater benannt ist, nicht auch Onkel heissen.

Also

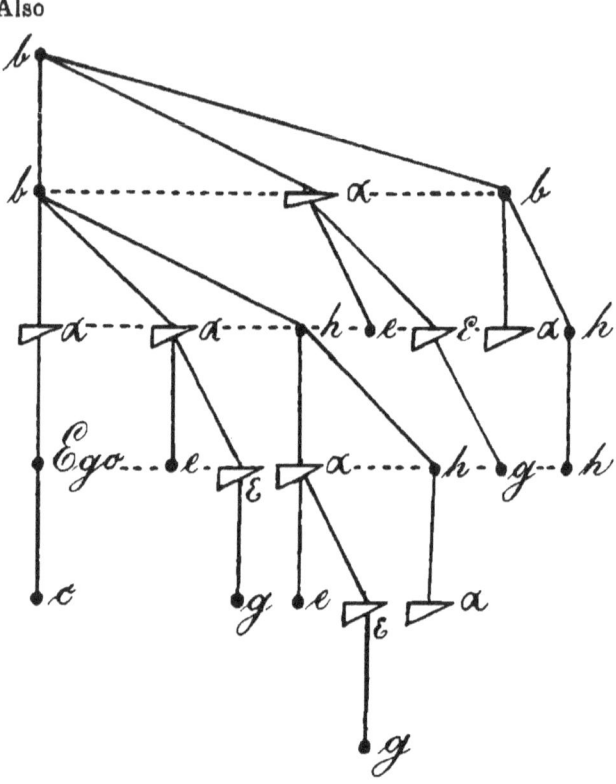

α = Mutter (inaha),	h = Onkel (inegi),
b = Ahne (itiga),	e = Bruder (ijice),
ε = Schwester (itange),	g = Neffe (itacka).

Dies erweist sich wie folgt:

Da der Vater von Ego die mit α bezeichneten Frauen zu Ehefrauen hat, so sind sie die Mütter des Ego,

daher Mutter = Schwester des Vaters der Mutter,

= Tochter des Onkels,

= Tochter des Sohnes des Onkels,

womit die Gleichung I erwiesen ist.

Daher sind die Söhne von α die Brüder des Ego, mithin

der Sohn der Schwester des Vaters der Mutter = Bruder
und Sohn der Tochter des Onkels = Bruder,

womit die Gleichung zu III bewiesen wird; und dasselbe
gilt bezüglich der Schwestern nach Gleichung IV.

Da ferner der Ego sämmtliche Frauen α als Mütter hat,
so sind deren Brüder seine Onkel (soweit sie nicht als seine
Ahnen gelten); also Onkel = Sohn des Onkels = Sohnessohn
des Onkels, wodurch die Gleichung zu V bewiesen wird.

Da endlich ε als Tochter der Tochter des Onkels meine
Schwester ist, so ist ihr Sohn g mein Neffe;

da ε als Tochter der Schwester meines Grossvaters meine
Schwester ist, so ist ihr Sohn g mein Neffe,

wodurch die eine Gleichung zu VI gerechtfertigt wird.

Da ferner der Sohn des Onkels = Onkel, so ist der Sohn
der Tante = Neffe, wie sich dies aus folgender Zeichnung
ergibt:

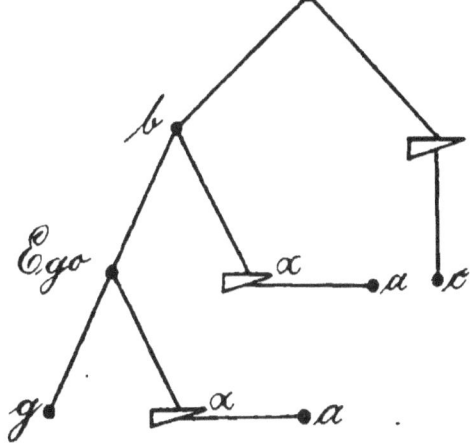

In dieser Figur ist Ego (als Sohn des Onkels) der
Onkel des c, mithin folgeweise c sein Neffe; c ist aber (nach
unserer Sprechweise) der Sohn der Tante von Ego: mithin ist
der Sohn der Tante = Neffe.

Die Schwester des Oheims ist immer = Mutter, und da
Ego der Oheim von c ist, so ist die obere α die Mutter des c.

Ebenso ist nach dem obigen Princip (Sohn des Onkels = Onkel)
g der Onkel von c und die untere α dessen Mutter.

So also Gleichung VII.

Und da der Ehemann der Mutter immer = Vater, so ist
der obere a und der untere a Vater des c und darum c sein Sohn,
daher die Gleichung zu VIII.

Damit ist die Sache noch nicht erschöpft.

Nehmen wir an, dass in unserer Hauptfigur (S. 84) mein
Sohn c der Ego wäre, so würde das Gleiche, was bisher von
der Mutter gilt, von der Grossmutter gelten (denn meine
Mutter ist die Grossmutter meines Sohnes).

Wo immer also α = Mutter steht, müssten wir β = Grossmutter setzen; und da die Brüder der Grossmütter nach dem
obigen (S. 73) = Grossväter, so müssten wir statt h (Onkel)
überall b = Ahne setzen, woraus sich eine neue Gleichung

IX. ergibt: wie der Sohn des Onkels = Onkel, so ist der
Sohn des Ahnen (soweit er nicht Vater ist) = Ahne;
und wie die Tochter des Onkels = Mutter ist, so ist

X. die Tochter des Ahnen = Ahnin.

Nicht das Gleiche gilt von dem Sohn und der Tochter der
Ahnin: diese sind wieder = Vater und Tante nach folgender Figur:

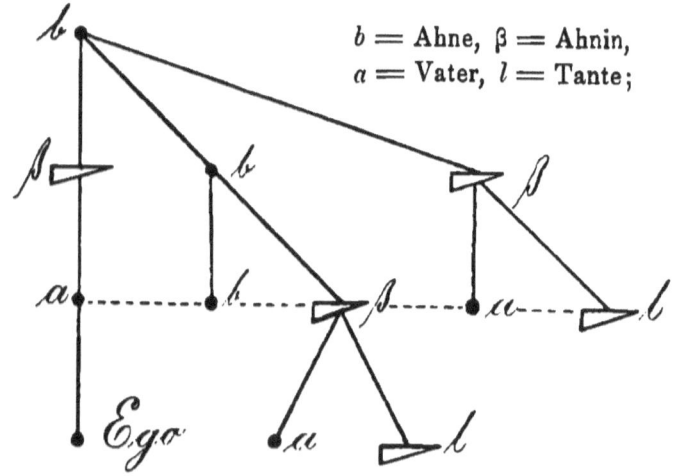

b = Ahne, β = Ahnin,
a = Vater, l = Tante;

oder sie sind = Mutter und Onkel; je nachdem sie mit Ego durch Vater oder Mutter verbunden sind; so die folgende Zeichnung:

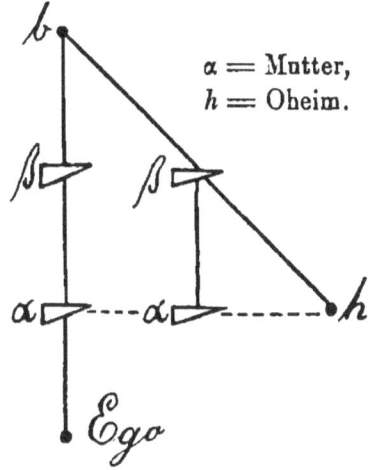

Diese Verhältnisse ergeben sich, wie bemerkt, für die Omaha aus den Nachweisen Dorsey's direkt; für die übrigen Stämme werden sie durch Morgan's Tafeln bewiesen, so weit diese reichen.

α = Mutter,
h = Oheim.

Zu I vergleiche man Tafel II, 121—124, wonach bei den Stämmen Nr. 18—24, Nr. 46 bis 52, 54 und 55 die Tochter des Onkels = Mutter, und Tafel II, 129. 130, wonach das Gleiche von der Sohnestochter des Onkels gilt.

Zu II vergl. Morgan II, 125. 126, wonach der Onkelstochtermann = Vater.

Zu III vergleiche man Tafel II, 131. 132, wonach bei den Stämmen 18—24, 46—52, 54 und 55 der Sohn der Tochter des Onkels = Bruder.

Zu IV vergleiche man Tafel II, 133. 134, wonach das Gleiche für die Tochter der Tochter des Onkels gilt = Schwester.

Zu V vergleiche man Tafel II, 115—118, wo von denselben Stämmen die Gleichstellung gilt: Sohn des Onkels = Onkel, und Tafel II, 135. 137, wo Sohnessohn des Onkels und Sohnessohnessohn des Onkels = Onkel (bei einem Stamm mit dem köstlichen Zusatz: = der kleine Onkel). Vergl. auch II, 189. 190, wo Muttermutterbrudersohnsohnsohn = Onkel[270]); auch II, 193.

---

[270]) Dies stimmt nicht recht mit Dorsey: nach seiner Tafel ist Muttermutterbruder = Grossvater, und consequent heissen seine agnatischen Descendenten = Grossvater. Die Morgan'sche Angabe würde dagegen zutreffen

Zu VI, dass der Sohn der Tante (einem Mann gegenüber) = Neffe (und ebenso die Tochter der Tante = Nichte) ist, bezeichnen die Tafeln Morgan's II, 89. 91. 95. 97.

Zu VII, dass die Schwester des Sohnes des Oheims, also die Tochter des Oheims, und ebenso die Schwester des Enkels des Oheims, d. h. die Enkelin des Oheims = Mutter, beweisen die Tafeln Morgan's II, 121. 122. 129. 130.

Und dass ihr gegenüber Ego = Sohn, d. h. dass der Sohn der Tante (einer Frau gegenüber) = Sohn, ergibt sich aus Dorsey und aus Morgan II, 90. 92. 96. 98.

Zu VIII, dass endlich der Ehemann von VII, d. h. der Ehemann der Mutterbrudertochter = Vater, ergibt sich aus Morgan II, 125. 126.

Daher haben diese Stämme keine Bezeichnung für Cousin und Cousine; sie kennen diesen Begriff nicht: was wir damit benennen, ist ihnen ein Conglomerat von Verwandtschaftsformen.

Cousin und Cousine sind, je nach der Constellation, bei ihnen:

> entweder Bruder und Schwester,
> oder Neffe und Nichte,
> oder Onkel und Mutter,
> oder gar Sohn und Tochter.

Dies ergibt sich mit schneidender Consequenz aus den obigen Gleichstellungen; man vergleiche folgende Bilder:

---

bei Muttermutterschwestersohnsohnsohn; allerdings ist die Muttermutterschwester = Grossmutter, aber in ihrer Descendenz pflanzt sich (wie soeben bemerkt) die Gleichnamigkeit nicht fort, sondern ihr Sohn ist Onkel und dessen Sohn und Enkel ebenfalls. Nicht ganz zutreffend ist auch Morgan II, 194: hiernach wäre Muttermutterbrudersohntochtertochtertochter (also Mutter^2-Brudersohn-Tochter^3) = Nichte; in der That ist sie vielmehr, da Mutter^2-Brudersohn-Tochter^2 = Mutter ist, als Tochter dieser Mutter = Schwester; ihre Tochter aber = Nichte. Die Gleichung muss daher richtig heissen: Mutter^2-Brudersohn-Tochter^4 = Nichte. Aber in diesen weiten Entfernungen wird wohl nicht immer der genaue Terminus eingehalten.

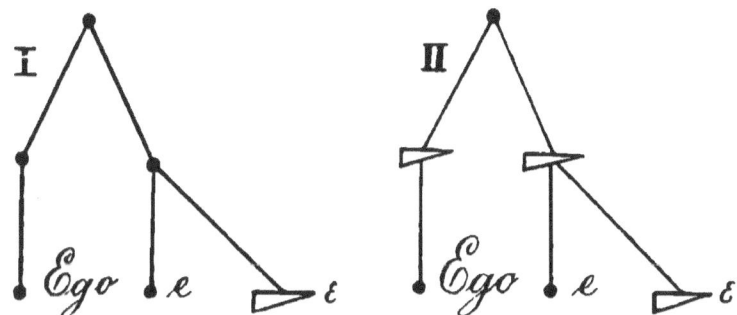

e = Bruder, ε = Schwester; dies ergibt sich aus den allgemeinen Grundsätzen der klassifikatorischen Verwandtschaft
(oben S. 69. 70).

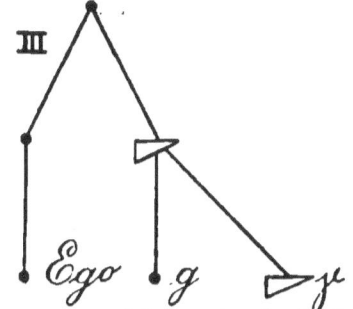

g ist mein Neffe, γ meine Nichte (nach Gleichung VI); denn
ich bin ihr Onkel, nach dem Grundsatz, dass der Sohn des
Onkels = Onkel.

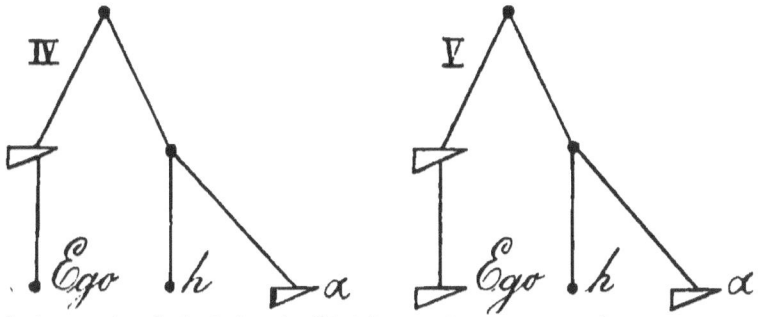

h ist mein Onkel (nach Gleichung V), α meine Mutter, nach
Gleichung VII (Morgan II, 115—118; 112—124).

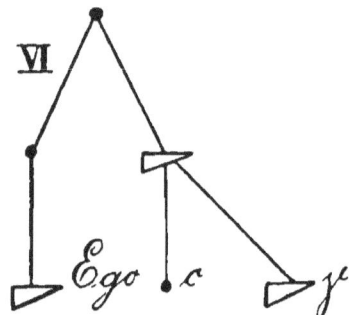

c ist der Sohn von Ego, da Ego nach dem Obigen (als Tochter des Oheims) = Mutter (Gleichung VII); also ist γ = Tochter von Ego (Morgan II, 90. 92. 96. 98).

Entsprechend wird die Sache in den nachfolgenden Generationen fortgesetzt:

Da in Figur III

> g = Neffe, so ist sein Sohn = dem Sohn des Neffen = Enkel (vgl. S. 74); so Morgan II, 101. 103.

Da in Figur IV und V

> h = Onkel, so ist sein Sohn, nach dem obigen Princip der Omahaverwandtschaft, wornach des Onkels Sohn = Onkel, auch Onkel; so Morgan II, 127. 128;

da ferner

> h = Onkel, so ist seine Tochter, als Schwester eines Onkels, = Mutter; so Morgan II, 129. 130;

da ferner

> α = Mutter, so ist ihr Sohn = Bruder (wie aus Dorsey hervorgeht).

Und da in Figur VI

> c = Sohn, so ist sein Sohn = Enkel, so Morgan II, 102. 104.

Entsprechend ist es auch in höheren Generationen.

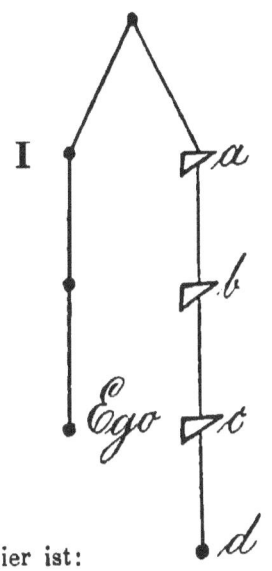

I

II

Hier ist:
a = Grossmutter,
b = Tante,
c = Nichte (als Tochter der Tante, vgl. oben S. 88 zu VI),
d = Enkel (als Sohn der Nichte S. 74).
So Morgan II, 175. 176. 178. 181. 182.

Aehnlich:
a = Grossvater,
b = Onkel,
c = Onkel (weil der Sohn des Onkels=Onkel),
d = Onkel,
So Morgan 185. 186. 187. 189. 190. 193.

Allerdings enthalten diese Morgan'schen Aufstellungen einen Fehler.

Nach dem obigen Princip, wonach der Sohn etc. des Oheims = Oheim, und der Sohn etc. des Grossoheims = Grossvater ist (S. 86), muss man annehmen, dass in Fig. I Ego als der Sohnessohn des Onkels der b ihr Onkel, daher b seine Nichte ist, und dass in Fig. II die b, c, d = Grossvater. So ist die Sache auch bei Dorsey: Dorsey bietet das Morgan'sche Resultat nur, wenn wir uns in Fig. II entweder a als Weib denken (weil die Gleichung: Sohn des Grossoheims = Grossvater nicht durch Weiber hindurch fortgesetzt wird, S. 86), oder wenn wir uns g als

— 92 —

Mann denken, wo dann a nicht den Charakter des Grossoheims, sondern des gewöhnlichen Grossvaterbruders (= Grossvater) hat; und in Fig. I, wenn wir in diese Figur statt des Vatervaters die Vatermutter des Ego einzeichnen [270a]).

Endlich:

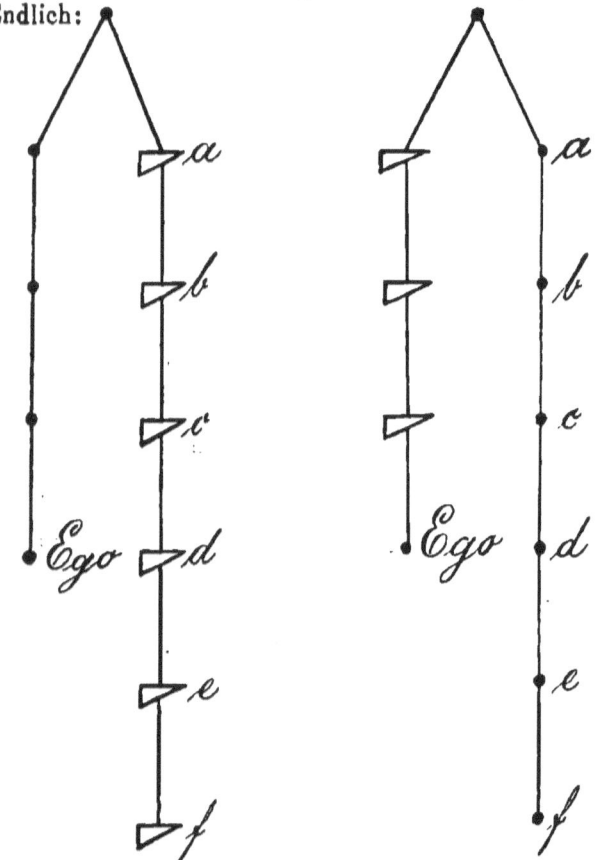

a = Grossmutter,   d = Nichte,   a = Grossvater, d = Onkel,
b = Grossmutter,   e = Enkelin,   b = Grossvater, e = Onkel,
c = Tante,   f = Enkelin.   c = Onkel,   f = Onkel.
So Morgan II, 211—216.   So Morgan II, 217—222.

[270a]) Ist in Fig. I (S. 91) Ego ein Weib, so ist sie (als Oheimsschwester) = Mutter der b, und diese ist ihre Tochter; so auch Dorsey.

§. 4.

Im Gegensatz zu der Omaha- steht die Choktagruppe. Auch hier geht die Gruppenehe in die obere und untere Generation, aber umgekehrt wie vorhin: nicht der Mann heirathet neben der Frau ihre Tante und Nichte, sondern die Frau heirathet neben dem Mann seinen Onkel und Neffen (Schwestersohn) [271]. Wir haben dafür nicht, wie für die Omaha, eine direkte Bestätigung, aber wir haben die Morgan'schen Tafeln, aus denen dies klärlich hervorgeht, und zwar sind es hier die Stämme Nr. 26—36, also die Minnitari, die Krähen, Chokta, Chikasa, Crik, Chirokesen, Pauni und Arickari.

Aus einer solchen Gruppenehe ergeben sich folgende Gleichungen:

I. Vatersmutterbruder = Vater.
II. Vatersschwestersohn = Vater.
III. Vatersschwester = Grossmutter (Tante).
IV. Vatersschwestermann = Grossvater.
V. Vatersschwestertochter = Grossmutter (Tante).
VI. Vatersschwestertochtersohn = Vater (Bruder) und Vaterschwestertochtermann = Grossvater.
VII. Vatersschwestersohnsohn = Bruder, Vaterschwestersohnsweib = Mutter.
VIII. Mutterbruderssohn = Sohn, Mutterbruderstochter = Tochter, Mutterbrudersohnsweib = Schwiegertochter, Mutterbruderstochtermann = Schwiegersohn, Mutterbruderssohnsohn = Enkel, Mutterbruderstochtersohn = Enkel.
IX. Onkel = Bruder, Onkelsweib = Brudersweib = Ehefrau.
X. Brudersohn (wenn ein Weib spricht) = Enkel. Schwestersohn (wenn ein Mann spricht) = Bruder,

---

[271] Vgl. darüber bereits Bernhöft S. 22 f.

und entsprechend:

    Schwestersohnsweib = Brudersweib = Ehefrau,

    Schwestertochter = Schwester,

    Schwestertochtermann = Mann der Schwester = Schwager.

XI. Vatersvaterschwestertochter = Grossmutter,

    Vatersvaterschwestertochtersohn = Vater (Grossvater),

    Vatersvaterschwestertochtertochter (Vater[2]schwestertochter[2]) = Mutter oder Grossmutter.

XII. Muttermutterbruderssohnsohn (Mutter[2]brudersohn[2]) = Sohn,

    Muttermutterbrudersohnsohnsohn (Mutter[2]brudersohn[3]) = Enkel.

Diese Gleichungen erweisen sich aus folgendem Schema:

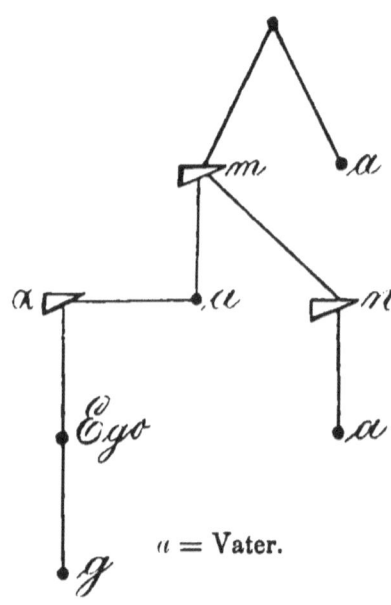

a = Vater.

α die Mutter des Ego heirathet die drei Personen a, a und a; folglich sind sämmtliche drei a die. Väter des Ego. Der obere a ist nach unserer Vorstellung der Vatersmutterbruder, der untere a der Vatersschwestersohn des Ego, woraus sich von selbst die Gleichung ergibt: Vater = Vatersmutterbruder und Vatersschwestersohn, also I und II[271a]).

Ebenso ist die Schwester des oberen a nach unserer Vorstellung die Grossmutter des Ego; daher III: Vatersschwester = Grossmutter (zu-

---

[271a]) Dabei sind m und ihr Bruder a als vollbürtig (d. h. als auch durch die Mutter verbunden) gedacht.

gleich Tante) und per consequens IV: Vatersschwestermann =
Grossvater.

Ebenso ist die Schwestertochter des oberen a die Mutter
des unteren a, und da beide a meine Väter sind, so ist mithin
V: Vatersschwestertochter = Grossmutter.

Sie ist aber zugleich meine Tante: denn sie ist die
Schwester des mittleren a, der ja auch mein Vater ist.

Entsprechend ist VI Vatersschwestertochtersohn = Vater,
Vatersschwestertochtermann = Grossvater.

Ebenso ist der Sohn der Schwester des oberen a = der
mittlere a, mithin mein Vater; mithin sein Sohn mein Bruder,
seine Frau = meine Mutter,

daher VII Vaterschwestersohnsohn = Bruder,
Vaterschwestersohnweib = Mutter.

Ferner ist Ego der Mutterbrudersohn des unteren a; er
ist aber zugleich dessen Sohn:

daher VIII Mutterbruderssohn = Sohn,
ebenso Mutterbruderstochter = Tochter.

Daraus entwickelt sich

IX Onkel (Mutterbruder) = Bruder,
Mutterbrudersweib = Brudersweib;

denn a ist jeweils Onkel des nächst unteren a; sämmtliche a haben
aber die nämliche Frau und stehen darum den Brüdern gleich,

daher ist a Bruder und Onkel des a, mithin

Onkel = Bruder.

Daraus entwickelt sich:

Onkelsweib = Brudersweib.

Aber auch eine andere Gleichstellung ist möglich: da die
mehreren a dasselbe Weib haben, so hat jeder a seines Onkels
Weib zugleich als sein eigenes Weib, also:

Onkelsweib = Ehefrau.

Da ferner die Mutter des unteren a = die Schwester des
mittleren a, und da beide a meine Väter sind, so ist dieses
selbe Weib zugleich Grossmutter und Tante (wie oben sub III).

Kraft Umkehrung ist daher = Ego ihr Neffe (Brudersohn) und Enkel;

daher X Brudersohn (wenn ein Weib spricht) = Enkel. Dagegen ist Schwestersohn (wenn ein Mann spricht) = Bruder, da jeweils der Schwestersohn eines a wieder ein a ist und die mehrere a nach dem Obigen als Brüder gelten. Das ergibt sich auch aus IX: da der Onkel = Bruder, so muss der Neffe auch = Bruder sein, weil die Brudereigenschaft gegenseitig ist.

Entsprechend: Schwestertochter = Schwester, Schwestersohnsweib = Brudersweib, oder auch = Ehefrau, da der mittlere a (der Schwestersohn des oberen a) dieselbe Frau α hat, wie dieser.

Ziehen wir nun von Ego eine Linie abwärts und nennen wir seinen Sohn = g, so ist nach dem Obigen

der obere a = Vatersvater des g; die n = Schwestertochter des oberen a, also = Vatersvaterschwestertochter des g; die n ist aber auch Mutter des unteren a, mithin Grossmutter des Ego, mithin Urgrossmutter des g; Urgrossmutter ist aber = Grossmutter;

daher XI Vatersvaterschwestertochter = Grossmutter,

daher Vatersvaterschwestertochtersohn = Vater,

Vatersvaterschwestertochtertochter = Mutter (oder Grossmutter oder auch Tante).

XII die Muttermutter des unteren a hat den oberen a als Bruder, und da der untere wie der obere a Väter des Ego, er also ihr beider Sohn ist, so ist Muttermutterbrudersohn = Sohn.

Diese Gleichung findet sich nicht; dagegen treffen wir sie für einen tieferen Grad:

Muttermutterbrudersohnsohn = Sohn.

Betrachten wir nun die Morgan'schen Tabellen, so treffen wir, abgesehen von einigen begreiflichen Schwankungen (z. B. Mutter statt Grossmutter) eine bewunderungswerthe Consequenz.

I kann ich nicht belegen.

II, Morgan II, 89—92: Vatersschwestersohn = Vater;

bei einem Stamm als „kleiner Vater" hervorgehoben und differenzirt; und ebenso II, 93. 94 Vatersschwestersohnsfrau = Mutter, auch als kleine Mutter oder Stiefmutter differenzirt.

III, Morgan II, 87: Vatersschwester heisst Grossmutter, Mutter und Tante.

IV, Morgan II, 88: Vatersschwestermann heisst Grossvater, Vater; auch als kleiner Grossvater, Stiefvater, zweiter Vater differenzirt.

V, Morgan II, 95—98: Vatersschwestertochter = Grossmutter, Mutter und Tante.

VI, Morgan II, 105. 106: Vaterschwestertochtersohn = Vater, auch kleiner Vater, Bruder;

Morgan II, 99. 100: Vatersschwestertochtermann = Grossvater, auch Vater, kleiner Grossvater, Stiefvater.

VII, Morgan II, 101. 102: Vatersschwestersohnsohn = Bruder.

II, 93. 94: Vatersschwestersohnsweib = Mutter (auch kleine Mutter).

VIII, Morgan II, 115—118; 121—124: Mutterbruderssohn = Sohn, auch Enkel; Mutterbruderstochter = Tochter, auch Enkelin.

II, 119. 120: Mutterbrudersohnsweib = Schwiegertochter.

II, 125. 126: Mutterbruderstochtermann = Schwiegersohn.

II, 127. 128: Mutterbruderssohnsohn = Enkel (vergl. auch II, 129. 130).

II, 131. 132: Mutterbruderstochtersohn = Enkel.

IX, Morgan II, 113: Onkel = Bruder; die Gleichstellung findet sich allerdings nur bei zwei der Choktastämme: den Minnitari und den Krähen. Dass dieselbe aber früher mehr gefühlt wurde, das beweist II, 114: Onkelsweib = Brudersweib (sogar Schwiegertochter).

Die Gleichung Onkelsweib=Ehefrau findet sich bei den Pauni.

X, Morgan II, 45: Brudersohn (wenn Ego Weib) =
Enkel (auch Kind).

Sodann II, 37 : Schwestersohn (wenn Ego Mann) =
Bruder;

II, 39: Schwestertochter = Schwester;
beides letztere natürlich bei den Minnitari und den Krähen,
nach Analogie von IX;

II, 38: Schwestersohnsweib = Brudersweib
bei den Krähen; = Ehefrau bei den Arickari; auch = Enkelin.

II, 40: Schwestertochtermann = Schwager
bei den Mandan und Minnitari (vgl. II, 255).

XI, Morgan II, 176: Vatersvaterschwestertochter=Gross-
mutter oder Tante.

II, 177: Vatersvaterschwestertochtersohn =
Vater, auch als kleiner Vater differenzirt.

II, 178: Vatersvaterschwestertochtertochter
(Vater²schwester-Tochter²) = Grossmutter, Mutter, Tante.

II, 179. 180: Vatersvaterschwestertochter-
tochtersohn (Vater²schwestertochter²sohn) = Bruder oder Vater
(kleiner Vater, auch Grossvater).

II, 181. 182: Vatersvaterschwestertochter-
tochtertochter (Vater²schwestertochter³) = Schwester oder
Tante.

II, 214: Vatersvatervaterschwestertochter-
tochtertochter (Vater³schwestertochter³) = Grossmutter, auch
Tante und Schwester.

XII, Morgan II, 187. 188: Muttermutterbruderssohnsohn
= Sohn; so auch die Derivate auf Tafel II, 189—194.

II, 220: Muttermuttermutterbruderssohn-
sohnsohn (Mutter³brudersssohn³) = Sohn; und die Derivate II,
221. 222.

Daher haben auch die Choktastämme keine Bezeichnung für Cousin.

Der Cousin ist hier entweder

Bruder   oder Vater   oder Sohn,

die Cousine = Schwester
oder Grossmutter (Tante)
oder Tochter; wie folgende Tafeln lehren:

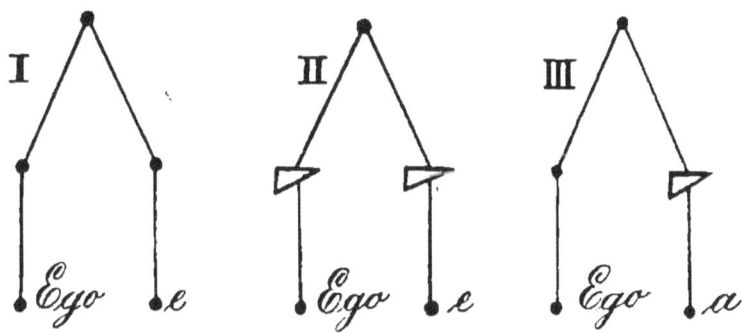

e = Bruder nach den Grundregeln der klassifikatorischen Verwandtschaft.

a in Figur III als Vatersschwestersohn = Vater, nach dem Obigen (Gleichung II).

Aus demselben Grunde ist c in Figur IV als Mutterbruderssohn = Sohn (Gleichung VIII).

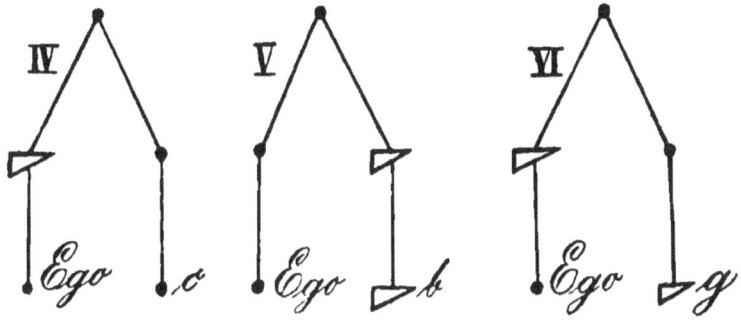

b in Figur V = Grossmutter, Mutter oder Tante nach
    Gleichung V.

g in Figur VI = Tochter nach Gleichung VIII.

So auch in weiteren Generationen:

   Da (nach Figur III) a = Vater,
     so ist der Sohn des a = Bruder;

da (nach Figur IV) c = Sohn,
  so ist der Sohn des c = Enkel;

beides ergibt sich bereits aus den obigen Gleichungen VII und VIII.

  Da ferner (nach Figur V) b = Grossmutter oder Mutter,
   so ist ihr Sohn = Vater oder Bruder;
    so auch schon Gleichung VI;
  da endlich (nach Figur VI) g = Tochter,
   so ist ihr Sohn = Enkel;
    so auch schon Gleichung zu VIII.

So in den ferneren Generationen:

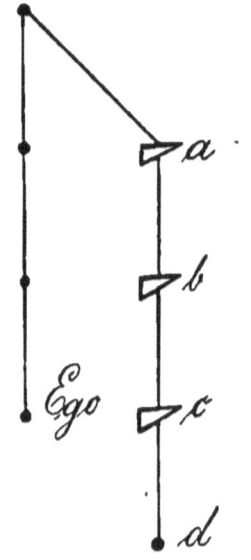

a = Grossmutter,
b = Grossmutter oder Tante (oben Gleichung XI),
c = Grossmutter, Mutter oder Tante (oben Gleichg. XI),
d = Vater, Bruder, Grossvater.
 Morgan II, 175—182.

a = Grossvater,
b = Onkel,
c = Sohn (oben Gleichung XII),
d = Enkel (oben Gleichung XII).
 Morgan II, 185—192.

Ebenso   Endlich

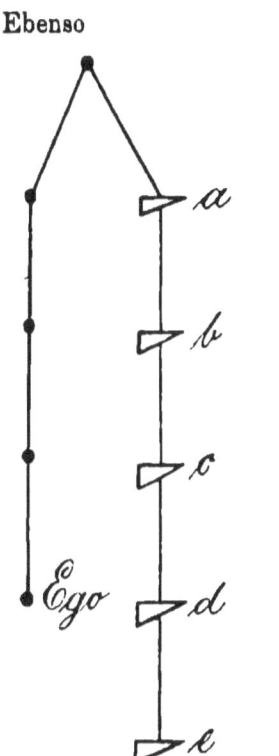
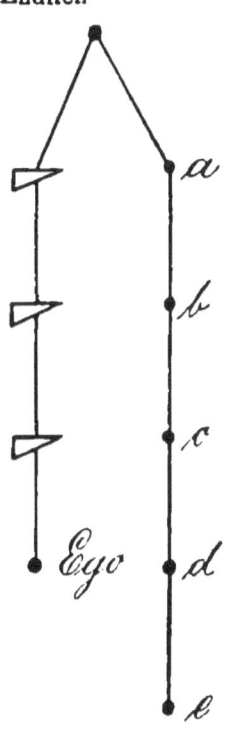

a = Grossmutter,   a = Grossvater,
b = Grossmutter,   b = Grossvater,
c = Grossmutter oder Tante,   c = Onkel,
d = Grossmutter, Schwester   d = Sohn,
  oder Tante,   e = Enkel.
e = Grossmutter, Tante, Nichte. So Morgan II, 217 bis
  So Morgan II, 211—215.   221.

§ 5.

Die gleichen Grundsätze, wie die Verwandtschaft, beherrschen auch die Schwägerschaftsverhältnisse.

Zunächst ergibt sich aus dem allgemeinen Princip der
klassifikatorischen Verwandtschaft, dass

I. Vaterbruderweib = Mutter,
II. Mutterschwestermann = Vater,
III. Brudersohnsweib = Schwiegertochter,
IV. Bruderstochtermann = Schwiegersohn,
V. Vaterbrudersohnsweib = Brudersweib,
VI. Mutterschwestersohnsweib = Brudersweib,
VII. Muttersbruderweib = Tante (Vatersschwester),
VIII. Vatersschwestermann = Onkel (Mutterbruder).

Denn:

I. da Vatersbruder = Vater, so ist sein Weib = Mutter, Morgan II, 62 (stellenweise Stiefmutter, auch Tante);

II. da Mutterschwester = Mutter, so ist Mutterschwestermann = Vater, Morgan II, 140 (stellenweise Stiefvater, kleiner Vater, Onkel); vgl. auch oben S. 68;

III. da Brudersohn = Sohn, so ist sein Weib = Schwiegertochter, Morgan II, 30 (selten Enkelin, Schwägerin);

IV. da Bruderstochter = Tochter, so ist ihr Mann = Schwiegersohn, Morgan II, 32;

V. da Vatersbrudersohn = Bruder, so ist sein Weib = Brudersweib, Morgan II, 67 (selten Weib, einmal = Schwester) und 68;

VI. da Mutterschwestersohn = Bruder, so ist sein Weib = Brudersweib, Morgan II, 145 (einmal = Weib);

VII. da die Gruppenehe

$$\begin{array}{cc} AAA & bbb \\ \text{und } BBB & aaa \end{array}$$

wechselseitig ist, so ist das Weib von B die Schwester von A; also ist Muttersbruderweib = Schwester des Vaters (Tante), Morgan II, 114 (auch Stiefmutter);

aus demselben Grunde ist

VIII. Vatersschwestermann = Mutterbruder (Onkel), Morgan II, 88 (auch Vater, Stiefvater; etwas Besonderes gilt von der Omahagruppe, worüber S. 109).

Der Mann der Nichte und die Frau des Neffen haben keine eigene Bezeichnung: sie heissen ebenfalls Schwiegersohn und Schwiegertochter, Morgan II, 38. 40. 46. 48. Ebenso bezeichnet man Vater und Mutter des Schwiegersohns mit Schwiegersohn und Schwiegertochter.

Aus der Gruppenehe der Brüder AAA mit den Schwestern bbb folgt ferner[272]):

a) Frau = Schwester der Frau,

b) Frau = Frau des Bruders (wenn ein Mann spricht),

c) Ehemann = Bruder des Ehemanns,

d) Ehemann = Ehemann der Schwester (wenn ein Weib spricht).

Die Gleichung a) finden wir bei den Pauni und den stammverwandten Arickari[273]), den Schiyan, Krähen, Minnitari (Morgan II, 260);

b) gilt bei einem der Paunistämme, bei den Arickari und Mandan (Morgan II, 262); daher besteht auch bei einem Paunistamme und den Arickari die Gleichung: Frau = Frau des Vaterbrudersohns (Morgan II, 67), und bei demselben Paunistamm ist Frau = Frau des Mutterschwestersohns (II, 145);

c) gilt bei zwei Paunistämmen (Morgan II, 254);

d) bei einem Paunistamm (Morgan II, 256).

Zu bemerken ist, dass auch die Crik die Frau a und b, sowie den Mann c und d den „gegenwärtigen Innehaber" (the present occupant) nennen (Morgan II, 254. 256. 260. 262, Nr. 31[274]).

Die meisten Stämme aber haben die Benennungen in der Art differenzirt, dass sie die Schwester der Frau nicht mehr Frau,

---

[272]) Vgl. auch zum Folgenden Bernhöft S. 22.

[273]) Sie gehören beide zum Caddostamme, vgl. Powell 7 Report p.61.

[274]) Chuchuchowae; bei Morgan ist es übersehen, diese Bedeutung in Tafel II, 260. 262 zu notiren. Derselbe Ausdruck findet sich auch II, 264. 265 für das Weib des Bruders des Ehemanns, für das Weib des Bruders der Ehefrau, auch II, 261 für die Schwester des Ehemanns. Der Ausdruck scheint zu bedeuten: wer mich in Anspruch nimmt, also = Ehegatte; was allerdings nicht für alle genannten Fälle passt.

sondern potentielle Frau, den Bruder des Mannes nicht mehr
Mann, sondern potentiellen Mann nennen; ebenso die Frau des
Bruders und den Mann der Schwester.

Typisch sind hier die Omaha:

Frau = igaqca,
potentielle Frau = ihanga;

ihanga ist also = Schwester der Frau und = Frau des Bruders
(wenn ein Mann spricht);

Ehemann = iegcange,
potentieller Ehemann = icie;

icie ist also Bruder des Ehemanns und Mann der Schwester
(wenn ein Weib spricht);
wie dies alles aus den Tafeln bei Dorsey hervorgeht.

Dass aber die Bedeutung von ihanga = potentielle Frau
und die Bedeutung von icie = potentieller Mann, geht mit
voller Sicherheit wiederum aus der Art der Omaha hervor;
denn da hier der Mann nicht nur die Schwester, sondern auch
die Nichte und Tante der Frau heirathet, so werden, wie noch
zu erweisen, auch diese mit ihanga bezeichnet; und ähnlich
ist es bezüglich des icie; und ebenso heisst der Bruder der
ihanga Schwager, die Schwester des icie Schwägerin, woraus
klärlich hervorgeht, dass diese Bezeichnungen eben das potentielle Heirathsverhältniss zum Ausdruck bringen.

Das ergibt sich noch ferner aus folgender Gleichung:
da die Schwester der Frau = potentielle Frau, der Bruder
des Mannes = potentieller Mann, so ist auch Schwiegersohn
nicht nur der Mann der Tochter oder Nichte, sondern auch
der Bruder dieses Mannes, und Schwiegertochter
ist nicht nur die Frau des Sohnes oder Neffen, sondern
auch die Schwester dieser Frau des Sohnes oder
Neffen. Dies wird durch die Tafeln bei Dorsey strikte
bewiesen.

Im Gegensatz dazu heisst bei den Omaha
die Schwester des Ehemannes icika (Schwägerin), und

ebenso die Frau des Bruders (wenn ein Weib spricht);
der Bruder der Ehefrau heisst itaha (Schwager), und ebenso der Mann der Schwester (wenn ein Mann spricht).
Beide Gleichungen ergeben sich aus der Gegenseitigkeit
der Gruppenehe; daher ist die Schwagerbezeichnung wechselseitig, wie die Bruder- und Schwesterbezeichnung.

Diese Anschauungsweisen finden wir, wenn auch nicht
durchgängig, doch bei den meisten Stämmen:

I. Schwester der Frau == Frau des Bruders (wenn ein
   Mann spricht) = potentielle Frau, Morgan II, 260. 262.

II. Bruder des Mannes = Mann der Schwester (wenn ein
   Weib spricht) = potentieller Ehemann, Morgan II,
   254. 256.

III. Schwester des Mannes = Frau des Bruders (wenn ein
   Weib spricht) = Schwägerin, Morgan II, 261. 263.

IV. Bruder der Frau = Mann der Schwester (wenn ein
   Mann spricht) = Schwager, Morgan II, 257. 255.

Aus diesen Gleichstellungen ergibt sich eine fernere Er-
klärung für die obige Erscheinung (S. 102), dass, wie ich
nicht nur den Bruder meiner Frau, sondern auch den Mann
meiner Schwester = Schwager nenne, so auch mein Kind
nicht nur den ersteren, sondern auch den letzteren als Oheim
bezeichnet; und ebenso bezeichnet das Kind nicht nur die
Schwester seines Vaters mit Tante, sondern auch die Frau
des Bruders seiner Mutter;

daher (S. 102) Oheim auch = Ehemann der Vatersschwester,
   Tante auch = Ehefrau des Mutterbruders; so Morgan II, 88. 114.

ferner: Neffe auch = Sohn der Bruder der Ehefrau und Sohn
   der Schwester des Ehemannes [275]).

Die Frau des Cousins wird, wie die Frau des Bruders,

---

[275]) Dies erweist sich aus den Dorsey'schen Tafeln, wenn man hier
von den Eigenheiten der Omahas abstrahirt.

der Mann der Cousine, wie der Mann der Schwester benannt, weil hier nicht weiter differenzirt wird — dies gilt
natürlich nur bei den Stämmen, welche den Begriff von Cousin
und Cousine entwickelt haben; so Morgan II, 93. 94 (in
Verbindung mit 262. 263), 99. 100 (in Verbindung mit 255.
256), 119. 120; 125. 126.

§ 6.

Soweit was die Schwägerschaft nach den allgemeinen
Regeln der klassifikatorischen Verwandtschaft betrifft.

Nun machen sich natürlich auch hier die Eigenheiten
sowohl der Omaha- als der Choktagruppe geltend, und
davon ist nun zu handeln.

Also zunächst die Omahagruppe; hier ist ein genaueres
Eingehen ins Detail erforderlich:

a)

I. Potentielle Ehefrau ist die Schwester der
Frau in dem obigen klassifikatorischen Sinne. Aber nach
den Regeln der Omahaverwandtschaft reicht der Schwester-
begriff weiter. Da die Tochter des Onkels (nach dem Obigen
S. 82 f.) Mutter ist, so ist die Tochtertochter meines Onkels
meine Schwester, ebenso die Tochter der Sohnestochter meines
Onkels (S. 83). Alle diese Schwestern meiner Frau kann ich zur
Frau nehmen, — wenn es mir nicht zu viel wird. Dies ergibt
sich alles mit eiserner Consequenz aus den Dorsey'schen Tafeln.

Aber nach der Omahaverwandtschaft ist potentielle Ehefrau nicht nur die Schwester, sondern auch die Tante und die
Nichte meiner Frau; auch dieser Terminus wird im klassifikatorischen Sinn verstanden, wie dies oben S. 82 f. 89 f. entwickelt worden ist. Ich kann daher auch die Sohnestochter des
Vatervatervaters meiner ersten Frau zur Frau nehmen, — wenn
sie mir behagt. Ebenso verhält es sich mit der Nichte (S. 89 f.):
ich kann auch die Tochter des Sohnes des Sohnes des Vaters-
vaters meiner Frau an mich nehmen (falls sie mir gefällt und
nicht zu jung ist). Dieses letztere ergibt sich direkt aus der

Tafel bei Dorsey, das erstere würde sich sicher ergeben, wenn die Tafel so weit reichte.

II. Potentielle Ehefrau ist aber ferner die Frau des Bruders; und in der That wird von den Omahas bestätigt, dass man noch jetzt regelmässig die Frau des verstorbenen Bruders zur weiteren Frau nimmt[276]). Auch hier ist Bruder im weiteren Sinne der Omahaverwandtschaft gemeint. Daher ist bei den Omaha die Frau des Sohnes der Tochter des Onkels (S. 83) auch meine potentielle Frau, wie sich aus den Dorsey'schen Tafeln ergeben würde, wenn sie so weit reichten.

III. Die Söhne aller wirklichen und potentiellen Frauen im Kreis der Omahaverwandtschaft nennt der Mann seine Söhne, also auch den Sohn der Nichte seiner Frau und den Sohn der Tante seiner Frau (Dorsey, Tafel II).

IV. Die Brüder aller dieser Frauen sind des Mannes Schwäger (itaha)[277]), die Väter Schwiegerväter, die Mütter Schwiegermütter; alle diese Begriffe im weiteren Sinne der Omaha. Dies kann mit einer anderen Bezeichnung concurriren:

Wenn ich die Tante meiner Frau heirathe, so ist der Vater der ersten Frau zugleich der Bruder dieser Tante, also der Bruder meiner zweiten Frau: er wäre also Schwager und Schwiegervater; hier geht letzteres vor.

Was aber die Benennung von Schwiegervater und Schwiegermutter betrifft, so geben die Morgan'schen Tafeln für die meisten Stämme eine besondere Bezeichnung; während man den Grossvater der Frau = Grossvater oder auch Schwiegervater oder alten Manu nennt; namentlich soll auch bei den Omaha der Schwiegervater und die Schwiegermutter eine

---

[276]) Dorsey p. 258. Vgl. unten S. 134 f.

[277]) Warum heisst der Bruder der Frau und der Ehemann der Schwester der Frau bei den Crik der kleine Trenner (unksaepuche = my little separator, Morgan II, 257. 258, nr. 31)? Sollten damit die Avunculatsrechte dieses Schwagers angedeutet werden, die den Ehemann von den Kindern trennen?

besondere Bezeichnung führen (der Schwiegervater = alter
Mann), während der Grossvater der Frau = Grossvater heisst;
Morgan II, 235—238. Dagegen soll nach der Dorsey'schen
Tafeln schon Schwiegervater und Schwiegermutter = Grossvater
und Grossmutter heissen, und ebenso natürlich die folgenden
Ascendenten, ebenso auch die Onkels der Frau; die Bezeich-
nung wäre

= Grossvater itiga,
= Grossmutter ika.

Die Differenz hebt sich, wenn man berücksichtigt, dass
die Bezeichnungen bei Morgan, insbesondere der Name „alter
Mann" wohl populäre Varianten oder Koseformen sind.

V. Die Söhne der Schwäger (itaha) sind auch Schwäger.
Der Grund ist offensichtlich.

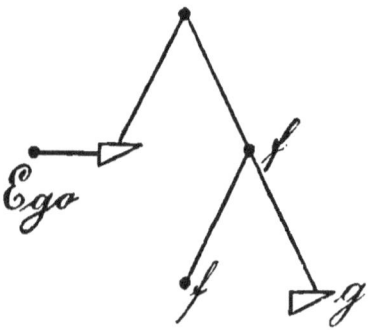

Da g mein potentielles Weib ist, so ist ihr Bruder, der
untere f, ebenso mein Schwager, wie der obere f.

VI. Die Männer meiner potentiellen Frauen sind meine
Brüder: denn ursprünglich heiratheten die Brüder zusammen
die Schwestern, Nichten und Tanten.

VII. Schwager (itaha) ist aber nach dem Obigen auch
= Mann der Schwester (wenn ein Mann spricht), hier
wiederum Schwester im weitesten Sinne genommen, im Sinne
der Omahaverwandtschaft.

Ausserdem aber tritt auch hier die Omahagleichung hervor: Frau = Nichte der Frau und = Tante der Frau.

Darum ist der Mann meiner Schwester = Mann der Tante
meiner Schwester und = Mann der Nichte meiner Schwester;
da nun die Tante meiner Schwester = meine Tante,
so ist der Mann meiner Tante = dem Mann meiner
Schwester = Schwager (itaha)[278]);
da ferner die Nichte meiner Schwester = meine Tochter
(sei es als meine leibliche Tochter, sei es als Tochter
meines Bruders), so ist der Mann meiner Tochter
= dem Mann meiner Schwester = Schwager;
er ist aber auch = Schwiegersohn, und diese Bezeichnung geht vor.

b)

I. Umgekehrt nennt die Frau den Bruder ihres Mannes
potentiellen Ehemann (icie); dies geht bei den Omahas
insofern weiter, als Bruder im ausgedehnten Sinne der Omahaverwandtschaft (nicht bloss im allgemein klassifikatorischen
Sinne) verstanden wird; denn nach Obigem (S. 83. 85) gilt bei
den Omaha auch der Sohn der Tochter des Onkels als Bruder;
daher ist der Sohn der Tochter des Onkels des Ehemanns
ebenfalls icie, wie sich dies aus der Dorsey'schen Tafel mit
eisiger Consequenz ergibt.

II. Sie nennt aber auch den Mann ihrer Schwester
potentiellen Ehemann (icie); auch hier ist Schwester in
weiterem Sinn der Omahaverwandtschaft gemeint.

Sie nennt aber ferner, und dies ist wieder der Omahaverwandtschaft eigenthümlich, auch den Mann ihrer Nichte und
den Mann ihrer Tante ihren potentiellen Ehemann, denn derselbe
Ehemann nennt ja neben seiner Frau ihre Tanten und Nichten
seine Frauen, und kann sie zu seinen Frauen nehmen — wenn er will.

---

[278]) Doch ist auch die oben (S. 102. 105) entwickelte Bezeichnung
Mann der Tante = Onkel bei den Omaha nicht ausgeschlossen; dies beweist
Morgan II, 88, wo für die Omahas und andere Stämme ihrer Gruppe die
Bezeichnung = Onkel (bei den Omahas = inegi) gegeben und nur bei
drei Stämmen der Omahagruppe die Gleichung = Schwager durchgeführt
ist (nr. 22—24).

Dies ergibt sich gleichfalls mit Consequenz aus der ersten Dorsey'schen Tafel.

III. Die Söhne aller dieser potentiellen Männer nennt die Frau ihre Söhne nach dem Obigen; die Schwestern nennt sie Schwägerinnen (icika).

> Die Söhne der Schwägerinnen sind (da nach S. 105 die Schwester des Mannes = der Frau des Bruders) = Brudersöhne (nach den allgemeinen Regeln der klassifikatorischen Verwandtschaft);
>
> bezüglich der Schwiegereltern gilt das oben Gesagte.

Hier findet sich auch in den Morgan'schen Tafeln für die Schwiegereltern bereits die Bezeichnung itiga und ika = Grossvater und Grossmutter; im übrigen ist durchaus nicht bei allen Stämmen die Bezeichnung der Schwiegereltern gleich, je nachdem ein Weib oder eine Frau spricht: es finden sich hier vielmehr verschiedenfache Abweichungen, wie die Morganschen Tafeln II, 231. 232, verglichen mit II, 235. 236, beweisen.

Die Frauen der potentiellen Männer nennt die Frau Schwestern, Nichten oder Tanten, weil die Brüder zusammen ursprünglich die Frau, ihre Schwestern, Tanten und Nichten zusammen heiratheten.

IV. Sie nennt ferner die Frau ihres Bruders = Schwägerin (icika), wobei wiederum Bruder im Omahasinne aufzufassen ist; denn Frau des Bruders = Schwester des Mannes (S. 105).

V. Einige andere Formen müssen unten (S. 113 f.) erklärt werden, nämlich:

a) Schwester des Ehemanns meiner Schwester=Enkelin,
b) Bruder der Frau des. Bruders = Grossvater,
c) Mann der Schwester des Mannes = Grossvater,
d) Frau des Bruders der Frau = Schwiegertochter.

c)

Da es bei der Omahaverwandtschaft keine Cousins gibt, so kann auch die Gleichstellung

Cousinfrau = Frau des Bruders (S. 105 f.) hier nicht allgemein gelten.

Allerdings wo Cousin = Bruder, also bei Vatersbrudersohn und Mutterschwestersohn (oben S. 89, Fig. I und II), da trifft die Gleichstellung zu (Morgan II, 67. 68; 145. 146; cf. 262. 263).

Wo aber Cousin = Neffe (oben S. 89 Fig. III), also wenn Vatersschwestersohn, da ist seine Frau = Schwiegertochter, wie sich dies aus Dorsey's Tafel I und aus Morgan II, 93 ergibt.

Wo Cousin = Onkel (oben S. 89 Fig. IV u. V), also wenn Mutterbrudersohn, da ist seine Frau = Tante, so Morgan II, 119. 120.

Wenn Cousin = Sohn (oben S. 90 Fig. VI), also wenn Ego eine Frau ist und der Cousin Vatersschwestersohn, so ist seine Frau = Schwiegertochter; so Morgan II, 94.

Dieselben Grundsätze gelten für den Mann der Cousine.

Wo die Cousine = Schwester (also Vatersbrudertochter, Mutterschwestertochter S. 89, Fig. I, II), da ist ihr Mann = Mann der Schwester (Morgan II, 73. 74; 151. 152; cf. 255. 256).

Wo die Cousine = Nichte (Vaterschwestertochter, wenn ein Mann spricht, S. 89, Fig. III), da ist ihr Ehemann = Schwiegersohn (Morgan II, 99, so auch Dorsey's Tafel I).

Wo die Cousine = Mutter (also Mutterbruderstochter, S. 89, Fig. IV u. V), da ist ihr Mann = Vater (Morgan II, 125. 126).

Wo die Cousine = Tochter (also Vaterschwestertochter, wenn ein Weib spricht, S. 90, Fig. VI), da ist ihr Ehemann = Schwiegersohn (Morgan II, 100).

d)

I. Schwiegertöchter in der Omahafamilie sind nicht nur die Frau des Sohnes, des Neffen, des Enkels, sowie die Frau des Sohnes der Tante (da der Sohn der Tante = Neffe, oben S. 83), sondern auch die Schwestern, Tanten und Nichten aller dieser Frauen: denn diese Frauen sind ja neben der wirklichen Frau die potentiellen Frauen des Sohnes oder Neffen.

Schwiegertochter ist aber auch die Frau des Bruders meiner Frau; der Grund ergibt sich aus nebenstehendem Schema:

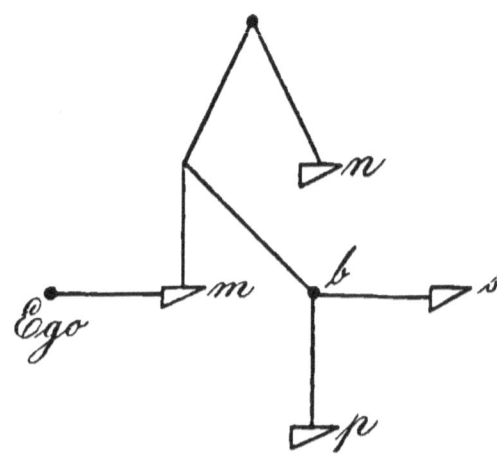

Ego ist Ehemann der m und potentieller Ehemann der n; die n ist aber die Tante des b, b also ihr Neffe und s als Frau des Neffen ihre Schwiegertochter; da ich aber der potentielle Ehemann der n bin, so ist s auch meine Schwiegertochter. Vgl. auch unten S. 115.

Allerdings ist die nämliche s auch meine Schwiegermutter; denn ich habe ja auch die p zur Frau und dies ist die Tochter des b und der s.

Dass beide Gleichungen vorkommen, ergibt sich aus Dorsey und Morgan; bei Dorsey wird die s als Schwiegertochter itini bezeichnet, bei Morgan II, 265 als ika = Grossmutter = Schwiegermutter. So haben wir hier eines der grössten Curiosa der Welt, dass dieselbe Person zugleich Schwiegertochter und Schwiegermutter ist.

II. Schwiegersohn ist der Mann der Tochter im weiteren, der Omahaanschauung gemässen Sinn. Schwiegersohn ist aber auch der Mann meiner Nichte und meiner Enkelin (auch Morgan II, 99. 100), auch der Mann meiner Tantetochter (da die Tochter der Tante. = Nichte, oben S. 83).

Möglich wäre auch noch die weitere Gleichung: Schwiegersohn = Mann meiner Schwester, da ja der Mann
meiner Schwester zugleich der Mann meiner Tochter
ist[279]). Da aber die Omahastämme einen specifischen
Namen für Schwager haben, so geht dieser vor. Die
Gleichstellung findet sich aber bei drei anderen
Stämmen, wovon unten (S. 116) die Rede sein wird.

III. Mein Schwiegervater ist = der Schwiegervater
meines Vaters; der Grund ist, weil hier nicht weiter differenzirt wird. Dies führt zu folgender Gestaltung:

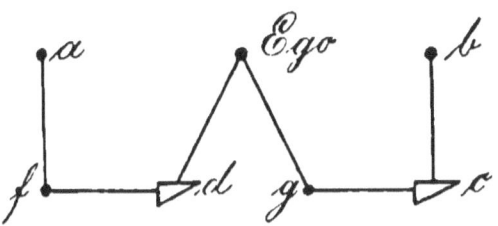

b ist Schwiegervater von g, also auch von Ego; Ego ist
Schwiegervater von f, also auch von a; mithin ist b mein
Schwiegervater, a mein Schwiegersohn[280]).

IV. Der Bruder der Schwiegertochter = Enkel,
die Schwester des Schwiegersohnes = Enkelin.

Der Grund ist der, weil in absteigender Verwandtschaft
und Schwiegerschaft alles, was nicht einen speciellen Namen
trägt, Enkel oder Enkelin heisst.

Daraus ergeben sich folgende vier Gleichungen, die oben
(S. 110) ausgesetzt worden sind:

a) die Schwester des Ehemanns meiner Schwester
ist meine Enkelin[281]); denn der Ehemann meiner

---

[279]) Ebenso wie oben (S. 109) die Gleichung: Mann der Tochter
= Schwager.

[280]) Vgl. Dorsey Tafel II und p. 255, wobei man nur berücksichtigen muss, dass der Schwiegervater itiga = Grossvater ist.

[281]) Dorsey p. 255.

Kohler, Zur Urgeschichte der Ehe. 8

Schwester ist zugleich Ehemann meiner Tochter (ihrer
Nichte), also mein Schwiegersohn, und die Schwester

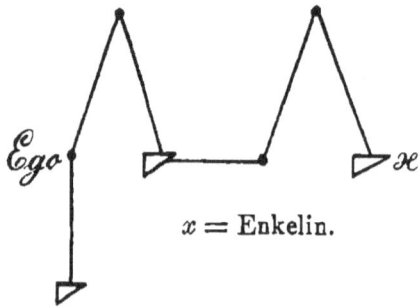

$x =$ Enkelin.

des Schwiegersohnes ist Enkelin nach dem Vorigen.
Daraus ergibt sich weiter,

    b) dass Ego der Grossvater der x ist; daher gilt die
       Gleichung: der Bruder der Frau des Bruders
       = Grossvater (wenn ein Weib spricht).

Dem Bruder der Frau des Bruders steht aber der Mann
der Schwester des Ehemannes gleich; denn

Bruder der Frau = Mann der Schwester (vgl. oben S. 105).

Frau des Bruders = Schwester des Mannes;

mithin ist:

Bruder der Frau des Bruders = Mann der Schwester des
    Mannes.

Setzen wir dies in obige Gleichung ein, so ist

    c) der Ehemann der Schwester des Ehemannes
       = Grossvater;

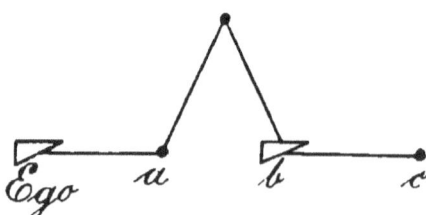

also c ist Grossvater von Ego,

wie sich dies aus der Dorsey'schen Tafel II mit bewunderungswerther Consequenz ergibt. Grossvater aber = Schwiegervater;
dem entsprechend ist daher kraft Umkehrung

    d) die Ehefrau des Bruders der Ehefrau =
        Schwiegertochter, wie dies schon oben S. 112
        in anderer Art bewiesen worden ist.

Dies wären die Räthsel der Omahaverwandtschaft.

§ 7.

Für die Choktagruppe fehlt uns leider ein Dorsey;
wir sind auf die Morgan'schen Tafeln angewiesen, und diese
sind in den Schwiegerschaften unvollständig.

Bei der Choktagruppe heirathet die Frau zugleich den
Bruder, Onkel und Schwestersohn des Mannes (S. 94); daher
ergeben sich die Gleichungen:

    I. Frau meines Oheims = meine Frau.

    II. Frau meines Neffen = meine Frau.

Die Gleichung Frau = Frau des Oheims findet sich aber
nur noch bei einem Stamme, bei einem der Paunis, Morgan II,
114; bei anderen ist Frau des Oheims = Frau des Bruders:
so bei den Stämmen Nr. 26—29 (vergl. mit Tafel II, 262); was
sich daraus erklärt, dass in der That bei allen diesen Stämmen
die Frau des Oheims = der Frau des Bruders; nur hat man
die weitere Gleichstellung: Frau des Bruders = der eigenen
Frau aufgegeben, wie bereits S. 104 bemerkt: die Frau des
Bruders ist nur noch = potentielle Frau; bei dem oben genannten Paunistamme aber hat man sie beibehalten (Morgan
II, 262), dem entsprechend auch die Gleichstellung: Frau =
Frau des Oheims.

 · Die zweite Gleichung: Frau des Neffen = Frau treffen
wir noch bei den Arickari (Morgan II, 38); sonst ist sie
aufgegeben zu Gunsten der

    Gleichung: Frau des Neffen = Frau des Bruders,
        Frau des Neffen = Schwiegertochter.

Das erstere ergibt sich aus dem Obigen: denn die

Frau des Bruders = potentielle Frau; die Gleichung: Frau des Neffen = Schwiegertochter aber ist von den übrigen Stämmen entnommen, die die Eigenheit der Choktastämme nicht an sich tragen (S. 103).

Auch bei den Choktas gilt die Gleichung
Frau des Cousin = Frau des Bruders nicht, da der Cousinbegriff ja auch hier unbekannt ist.

Abgesehen von den zwei durchgehenden Fällen der klassifikatorischen Verwandtschaft, wonach Vatersbrudersohn und Mutterschwestersohn = Bruder und daher die Frau = Frau des Bruders,
ist ja bei den Chokta (vgl. oben S. 99)

der Cousin entweder als Vaterschwestersohn = Vater, und daher die Frau des Cousins = Mutter, so Morgan II, 93. 94 (auch kleine Mutter, Stiefmutter genannt),
oder er ist als Mutterbrudersohn = Sohn, und daher seine Frau = Schwiegersochter, so Morgan II, 119. 120.
Dasselbe gilt für Cousine und für den Mann der Cousine. Also Vaterschwestertochter = Grossmutter (Mutter), ihr Mann = Grossvater, so Morgan II, 99. 100 (auch kleiner Grossvater, Stiefvater, Vater genannt).
Mutterbrudertochter = Tochter, ihr Mann = Schwiegersohn, so Morgan II, 125. 126.

Soweit die Choktagruppe.

Eine Eigenthümlichkeit bieten die Pauni und Arickari (Morgan, Tafeln II Nr. 34. 35. 36). Während sie sonst der Choktagruppe folgen, haben sie in einem Punkt einen Ausfluss des Omahasystems. Oben (S. 113) wurde bemerkt, dass nach diesem System die Gleichung möglich ist: Mann der Schwester = Schwiegersohn (da ja dieser zugleich meine Tochter, die Nichte seiner Frau zur Frau hat). Diese Gleichung findet sich bei den Omahastämmen nicht mehr; dagegen bei den Pauni und Arickari (Morgan II, 255).

Dies erklärt sich daraus: die Pauni und Arickari hatten neben der

Ehe der Frau mit Mann, Onkel und Neffen desselben die Ehe des Mannes mit Frau, Tante und Nichte derselben; in Folge dessen bildet sich diese Gleichstellung; davon wird unten (S. 119) noch weiter zu handeln sein.

Bei denselben Stämmen gilt daher auch die Gleichung: Mutterschwestertochtermann = Schwiegersohn (Morgan II, 151, 152), was sich von selbst versteht, da Mutterschwestertochter = Schwester;

mithin Mutterschwestertochtermann = Schwestermann = Schwiegersohn;

ebenso Vaterbrudertochtermann = Schwiegersohn (Morgan II, 73. 74), weil Vaterbrudertochter = Schwester.

§ 8.

Betrachten wir noch die Eigenheit des Chokta- und Omahasystems im Ganzen, so bietet sich uns Folgendes: beide Systeme sind nicht zufällig und willkürlich; sie beruhen auf zwei feststehenden Principien, und es zeigt sich zugleich, dass zwar eine Combination beider, auch ein Mehr- oder Mindermass der Durchführung, aber — unter den zwei vorausgesetzten weitreichenden Principien — kein anderes System als eines dieser zwei möglich gewesen ist.

Diese Principien aber sind folgende:

a) die Ehe ist stets nur mit solchen Personen abzuschliessen, welche ihrerseits einem und demselben Totem angehören;

b) die Ehe darf in diesem Totem niemals mit solchen Personen eingegangen werden, dass sich die Ehegatten zu einander wie parens und Kind verhalten: die Ehe zwischen parens und Kind wird vermieden.

Im übrigen unterscheiden sich beide Systeme dadurch: das Choktasystem geht vom Mutter-, das Omahasystem vom Vaterrechte aus: das erstere bestimmt den Totem nach der Mutter, das letztere nach dem Vater (vgl. oben S. 57)[282]).

---

[282]) Vgl. hiezu auch Bernhöft S. 32 f., 39 f.

Nach diesen Prämissen ist es sicher, dass nur diese beide Systeme möglich sind.

Nimmt man nämlich die Geltung des Mutterrechts an, so ist die Verbindung des Mannes mit einer Frau aus dem andern Totem und ihrer Schwester allein möglich, wobei allerdings der Begriff Schwester im klassifikatorischen Sinne zu nehmen ist; die Verbindung mit der Mutter und Tochter der Frau wäre von selbst ausgeschlossen; letzteres, weil es direkt zur Ehe zwischen parens und Tochter führen würde; ersteres, weil die Verheirathung mit der Mutter des ersten Weibes zur Folge hätte, dass man bei einer dritten Heirath mit der Schwester seines ersten Weibes hiermit zugleich die Tochter seines zweiten und damit die eigene Tochter zur Frau nähme [283]).

Hierbei ist der Terminus Mutter und Tochter natürlich im klassifikatorischen Sinn zu verstehen, wonach Mutter = Schwester der Mutter, Tochter = Tochter der Schwester; mithin darf die Ehe nach unserer Sprachweise zwar erfolgen:

mit der Frau und der Schwester, Mutterschwestertochter, Grossmutterschwestertochtertochter der ersten Frau;

dagegen nicht mit der Mutter, Mutterschwester der ersten Frau,

und auch nicht mit der Tochter oder Schwestertochter der ersten Frau.

Einer Verheirathung mit der Bruderstochter, mit der Vatersschwester der ersten Frau aber stünde das Hinderniss im Wege, dass diese einem anderen Totem als dem der Frau angehören — wir nehmen ja Mutterrecht an.

Mithin ist nur die Ehe mit der Frau und ihren Schwestern möglich.

Dagegen ist auf der anderen Seite die Ehe des Weibes

---

[283]) Vereinzelt finden wir allerdings bei den Chirokesen die Notiz, dass der Mann sich mit dem Weib und dessen Mutter verband, Adair p. 190; ebenso bei den Crik, Swan p. 273. Jedoch scheint dies nur vereinzelt gewesen zu sein; mindestens finden wir die entsprechende Gleichung: Weib = Mutter des Weibes nicht.

mit dem Manne, dem Schwestersohn, dem Mutterbruder des Mannes möglich.

Die Ehe mit Vater und Sohn des Mannes wäre ausgeschlossen, weil dies die Ehe zwischen parens und Sohn herbeiführen würde und weil zudem der Totem ein anderer wäre: auch hier die Termini in klassifikatorischem Sinne verstanden. Beides wird vermieden bei der Ehe mit dem Schwestersohn und dem Mutterbruder: hier wird die Einheit des Totems gewahrt, weil der Totem des Oheims stets = dem Totem seines Schwestersohnes. Dies das System der Chokta (S. 94).

In analoger Weise ergibt sich das System der Omaha — unter Voraussetzung des Vaterrechts (S. 83).

Das Weib kann jetzt nur den Mann und seinen Bruder heirathen, nicht den Bruderssohn oder den Vatersbruder desselben, denn dies würde zur Heirath zwischen parens und Sohn führen; nicht Mutterbruder und Schwestersohn, weil diese (dem Vaterrecht entsprechend), einem anderen Totem angehören.

Dagegen kann jetzt der Mann nicht nur die Schwester seiner Frau heirathen, sondern auch die Bruderstochter der Frau und die Vaterschwester der Frau, da diese einerseits dem gleichen Totem angehören und hier die Gefahr einer Verbindung von parens mit Kind ausgeschlossen ist.

Eine Combination, wie bei den Pauni und Arickari, ist möglich, vorausgesetzt, dass die eine Familie sich nach Vater-, die andere nach Mutterrecht gestaltet. Hier kann das Weib, in dessen Familie Vaterrecht gilt, einen Mann, dessen Schwestersohn und Muttersbruder heirathen, sobald in der Familie dieses Mannes Mutterrecht gilt (denn dann gehören diese Personen dem gleichen Totem an). Und ein solcher Mann kann wiederum die Frau, ihre Bruderstochter und Vatersschwester heirathen (da diese bei Voraussetzung des Vaterrechts dem gleichen Totem wie die Frau angehören). Wem dann die Kinder zukommen, das muss sich darnach beurtheilen, ob das Vater- oder das Mutterrecht als das überwiegende betrachtet wird.

So erklärt sich, dass wir hier eine Combination des Chokta-
und Omahasystems finden.

Im übrigen wird die bewunderungswürdige Durchführung dieser Systeme verschiedene Wahrheiten zu Tage fördern.
Der Gedanke, dass die klassifikatorische Verwandtschaftsbezeichnung irgend andere Gründe hätte, als die Blutsverwandtschaft, ist definitiv widerlegt. Denn man suche von irgend
einem anderen Systeme aus die Eigenheiten der Chokta- und
Omahaverwandtschaft zu erklären!

Ferner zeigt die scharfe Ausprägung bis in die Details,
dass einerseits die Natur mit staunenswerther Consequenz
schafft, auch in der ethnologischen Gattenwahl; andererseits,
dass die Völker von diesen Principien ein genügendes in-
tuitives Verständniss haben, um darnach die Verwandtschaft
zu bezeichnen; und dass mithin die Naturvölker nach dieser
Seite einen Grad der intellektuellen Entwickelung erreicht
haben, der auf ein langes gründliches Entwickelungsstadium
schliessen lässt; was uns übrigens, wie oben bemerkt, bereits
die oft mit bewunderungswürdiger Feinheit und Logik gebildete
Sprache der Völker zur Genüge beweist.

Behauptungen daher, als ob die klassifikatorische Ver-
wandtschaft bloss lokalen Grund hätte oder auf Armuth der
Sprache oder Confusion der Ideen beruhte, können fürder ohne
Berücksichtigung bleiben. Die Geschichte hat uns in den
überaus complicirten und doch in bewunderungswerther Weise
consequenten Omaha- und Choktasystemen den deutlichsten
Beweis hinterlassen, dass die Gruppenehe zu Grunde liegt.
Wer daher das allerdings schwierige Studium dieser Systeme
nicht zum Ausgang nimmt, ist nicht in der Lage, in der
Sache ein massgebendes Urtheil zu geben; und schon darum
können wir über Mucke und Westermarck zur Tages-
ordnung übergehen.

§ 9.

Die Gruppenehe führt regelrecht zur Cousinehe, sobald
das Princip der gleichen Generationsstufe aufrecht erhalten wird.

Man denke sich: In den zwei Gruppen A und B heirathen
A A A A ... die b b b b und
B B B B ... die a a a a;
nehmen wir nun an, die Kinder der ersten Gruppe seien (beim
Mutterrecht) $= \beta\beta\beta\beta$,
die der zweiten Gruppe $= \alpha\alpha\alpha\alpha$;
und nehmen wir den normalen Fall an, dass die A A A A derselben Generationsstufe angehören, mithin als Geschwister
gelten, ebenso die b b b b in der anderen Gruppe,
so stehen sich die $\beta\beta\beta$ und $\alpha\alpha\alpha$ als Cousins gegenüber; denn
die $\beta\beta\beta$ sind Kinder von A und b,
die $\alpha\alpha\alpha$ sind Kinder von B und a,
sie stehen sich also gegenüber nach der Formel: β als Sohn
des A heirathet die α als Tochter der
a, und β als Sohn der b heirathet α als
Tochter des B; mithin

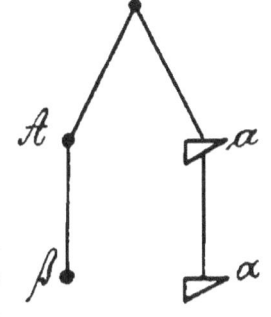

der Sohn des Bruders heirathet die
Tochter der Schwester,
und ebenso: die Tochter des Bruders
heirathet den Sohn der Schwester.
Diese Cousinehe ist bekanntlich
weit verbreitet; besonders bedeutsam ist
sie bei den **drawidischen** Völkern,
deren Verwandtschaftsbenennungen darauf basiren.   Wenn
regelmässig Schwesterskind und Bruderskind sich heirathen, so
ergeben sich folgende Gleichungen, welche nach den **Morgan'schen** Tafeln III bei den **Drawida**stämmen (Tamil,
Telugu, Canarese) gelten (allerdings mit einigen Varianten):

    I. Vater der Ehefrau $=$ Mutterbruder (**Morgan** III, 235),
        Vater des Ehemanns$=$Mutterbruder(**Morgan** III, 231).
    II. Ebenso beiderseits Schwiegermutter $=$ Vaterschwester
        (**Morgan** III, 236. 232).
    III. Schwiegersohn $=$ Neffe (**Morgan** III, 239. 240),
        Schwiegertochter $=$ Nichte (**Morgan** III, 241. 242).

IV. Frau des Neffen = Tochter (Morgan III, 38. 46), Mann
der Nichte = Sohn (Morgan III, 40. 48) — natürlich Neffe
und Nichte klassifikatorisch verstanden (S. 70. 71).

V. Vatersbrudersohnsweib = Cousine (Morgan III,
67. 68),
Vatersbrudertochtermann = Cousin (Morgan III,
73. 74),
Mutterschwestersohnsweib = Cousine (Morgan III,
145. 146),
Mutterschwestertochtermann = Cousin (Morgan III,
151. 152).

VI. Vaterschwestersohnsweib = Schwester (Morgan III,
93. 94),
Vaterschwestertochtermann = Bruder (Morgan III,
99. 100),
Mutterbrudersohnsweib = Schwester (Morgan III,
119. 120),
Mutterbrudertochtermann = Bruder (Morgan III,
125. 126).

VII. Vatersschwestersohnsohn
(wenn ein Mann spricht) = Neffe (Morgan III, 101),
(wenn ein Weib spricht) = Sohn (Morgan III, 102),
Vatersschwestertochtersohn
(wenn ein Mann spricht) = Sohn (Morgan III, 105),
(wenn ein Weib spricht) = Neffe (Morgan III, 106).

VIII. Mutterbruderssohnsohn
(wenn ein Mann spricht) = Neffe (Morgan III, 127),
(wenn ein Weib spricht) = Sohn (Morgan III, 128).

IX. Mutterbruderstochtersohn
(wenn ein Mann spricht) = Sohn (Morgan III, 131),
(wenn ein Weib spricht) = Neffe (Morgan III, 132).

X. Bruder des Mannes = Cousin (III, 254), Bruder der
Frau = Cousin (III, 257);
Schwester der Frau und Schwester des Mannes =
Cousine (III, 260. 261).

XI. Mann der Schwester der Frau = Cousin (III, 258),
  Frau des Bruders der Frau = Schwester (III, 265),
  Mann der Schwester des Mannes = Cousin (III, 259),
  Frau des Bruders des Mannes = Schwester (III, 264).
XII. Mann der Schwester = Cousin (III, 255. 256),
  Frau des Bruders = Cousine (III, 262. 263) [284]).

Die Richtigkeit dieser Gleichungen gibt sich aus folgender Darstellung.

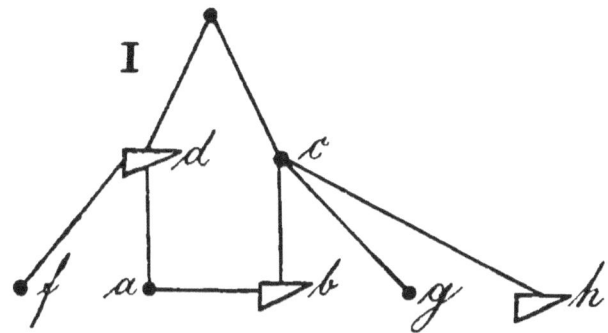

Da a die b heirathet, so ist c (Fig. I) Onkel und Schwieger-

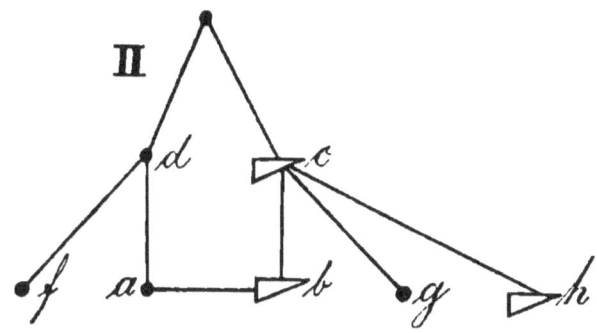

vater des a, und c (Fig. II) Tante und Schwiegermutter des a;
und ebenso verhält es sich umgekehrt mit d zu b.

---

[284]) Die Morgan'schen Tafeln werden auch hier durch die Nachrichten Anderer ergänzt und bestätigt. Nach den Angaben Marshall's
(a phrenologist amongst the Todas) p. 76 ff. ist bei den Todas Tante
(mami) = Schwiegermutter.

Ebenso ist a (Fig. I und II) Neffe und Schwiegersohn von c; ebenso ist b, die Tochter von c, zugleich Frau des a (des Neffen von c) u. s. w.

So ergeben sich die Gleichungen I—IV.

Bezüglich der Gleichungen V und VI gilt:

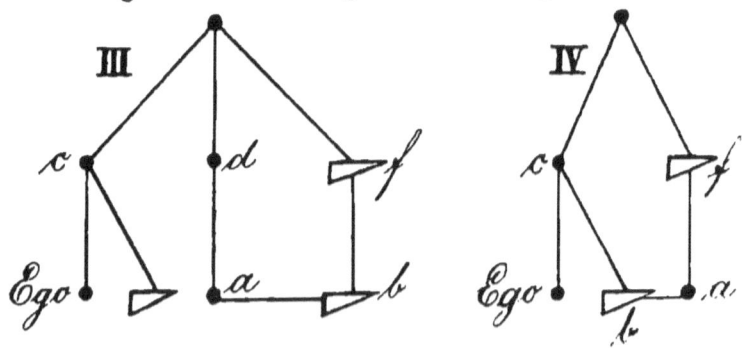

a (Fig. III) heirathet die b, b ist meine Cousine, also ist die Frau des a (Vaterbrudersohnsweib) = meine Cousine.

Meine Schwester könnte den a nicht heirathen, aus dem noch unten (S. 125) zu entwickelnden Grunde.

Dagegen heirathet (Fig. IV) meine Schwester den a, daher ist das Weib meines Vaterschwestersohns = Schwester u. s. w.

Zu VII kommt aber Folgendes in Betracht:

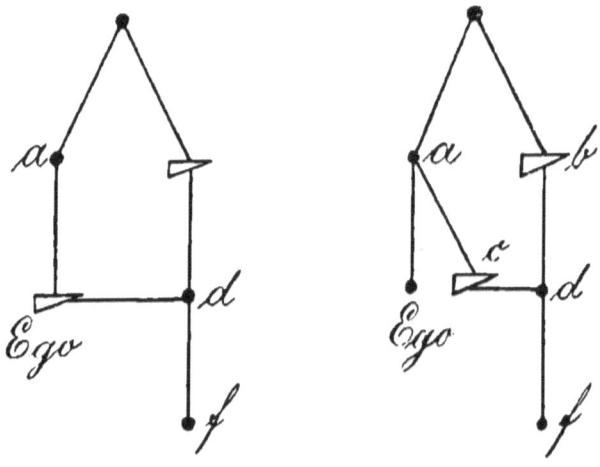

Ist Ego ein Mann, so heirathet seine Schwester den d, und ihr Kind f ist sein Neffe.

Ist Ego ein Weib, so heirathet sie selbst den d, und f ist ihr Sohn.

Analog gilt VIII und IX.

X ergibt sich aus Fig. I und II (S. 123):

f ist Cousin der b und zugleich der Bruder ihres Mannes, und ebenso ist g Bruder der b und zugleich Cousin von a.

XI: Mann der Schwester der Frau = Cousin ist auf· fallend; man würde Bruder erwarten, denn die h (Fig. I u. II) muss einen Bruder von a heirathen (entweder einen Bruder in unserem Sinn oder einen solchen im klassifikatorischen Sinn = Mutterschwestersohn).

Dieselbe Inconsequenz gilt vom Mann der Schwester des Mannes.

Consequent ist dagegen das andere: Frau des Bruders der Frau = Schwester, denn g (Fig. I u. II) muss eine Schwester von a heirathen; und Frau des Bruders des Mannes = Schwester, denn f muss eine Schwester von b heirathen.

XII ergibt sich von selbst:

die Schwester heirathet ihren (und zugleich meinen) Cousin, der Bruder heirathet seine (und zugleich meine) Cousine.

Natürlich kann diese Cousinehe nur gelten, wenn die Elterntheile, welche die beiderseitigen Cousins mit dem Ahnen verbinden, verschiedenen Geschlechtes sind. Denn bei gleichem Geschlecht (Vatersbrudertochter, Mutterschwestertochter) sind die Cousins Geschwister und die Ehe darum verpönt — oder, mit der Sprache des Totemrechts zu sprechen: sie gehören demselben Totem an. In der That findet sich auch bei den Drawidavölkern die Gleichung:

Schwiegervater = Mutterbruder,
aber nicht Schwiegervater = Vatersbruder,
und Schwiegermutter = Vatersschwester,
aber nicht Schwiegermutter = Mutterschwester;

ferner gilt Schwiegersohn = Sohn der Schwester (wenn ein Mann spricht),

Schwiegersohn = Sohn des Bruders (wenn ein Weib spricht) (III, 239. 240, in Verbindung mit III, 37. 45); aber nicht umgekehrt (vgl. mit III 29. 53).

Und auch aus den obigen Entwickelungen (S. 121 f.) ergibt sich dieses Princip.

So weit die Drawida.

§ 10.

Dieser Cousinehe haben sich nun eine Reihe von Gruppen-ehevölker frühzeitig entschlagen.

Wie sich die Entwickelung gestaltete, lässt sich leicht erkennen.

Wenn früher die ganze Generationsstufe A die ganze Generationsstufe b heirathete, so spalteten sich jetzt beide Gruppen in zwei und, jede Untergruppe heirathete nur die entsprechende Untergruppe, also

$A^1 A^1 A^1$ heirathen $b^1 b^1 b^1$, die Kinder sind β^1,

$A^2 A^2 A^2$ heirathen $b^2 b^2 b^2$, die Kinder sind β^2;

$B^1 B^1 B^1$ heirathen $a^1 a^1 a^1$, die Kinder sind α^1,

$B^2 B^2 B^2$ heirathen $a^2 a^2 a^2$, die Kinder sind α^2;

nun heirathen nicht mehr die Kinder β^1 die α^1, sondern die β^1 heirathen die α^2 und die β^2 heirathen die α^1.

So wird die Cousinehe vermieden. In der That ist sie bei den Rothhäuten nicht üblich, ja bei einer Reihe von Stämmen völlig verpönt; dies wird uns bestätigt von Huronen-stämmen [285], von Südstämmen, z. B. den Chirokesen [286], von Stämmen in Carolina [287] und von Californiern, z. B. den Gualalas [288]; auch von Columbiavölkern [288a].

---

[285] Sagard (1632) p. 113.
[286] Adair p. 190; Jones, Antiquities p. 68.
[287] Lawson p. 186.
[288] Powers p. 192.   [288a] Swan XVI p. 13.

Wir finden daher auch die obigen Gleichungen nicht:

Schwiegervater ist nicht = Oheim,

Schwiegersohn ist nicht = Neffe,

die Frau des Neffen ist nicht = Tochter,

der Schwager ist nicht = Cousin,

die Frau des Bruders der Frau ist nicht = Schwester.

Nur bei wenigen Stämmen erscheinen noch einige Reminiscenzen (Survivals):

Bei den Cristämmen (in Morgan'schen Tafeln II nr. 37. 38. 39)

ist Schwiegervater = Onkel (Morgan II, 231. 235),

Schwiegermutter = Tante (Morgan II, 232. 236)

(dies auch noch bei einigen weiteren Stämmen),

ohne dass diese Gleichungen weiter durchgeführt wären.

Die bei den Dakota sich findenden scheinbaren Gleichungen:

Sohn des Cousins (Vaterschwestersohnsohn),

wenn ein Weib spricht, = Sohn (Morgan II, 102).

und ebenso Mutterbrudersohnsohn = Sohn (Morgan II, 128),

auf die man sich schon bezogen hat, beruhen auf Uebersetzungsversehen Morgan's; denn in beiden Fällen II, 102 nr. 9—17 und II, 128 nr. 9—17 bedeuten die Ausdrücke Metoushkä u. s. w. nicht Sohn, sondern Neffe, wie der Vergleich mit anderen Stellen der Tafeln (II 37, cf. II 9) lehrt[289]).

Dass aber bei Irokesenstämmen sich solche Gleichung findet, gehört in einen besonderen Zusammenhang, worüber unten S. 132.

Ebenso treffen wir sporadisch die Gleichung:

Frau des Bruders der Frau = Schwester

und Frau des Bruders des Mannes = Schwester (Morgan II,

---

[289]) Derselbe Uebersetzungsfehler Morgan's findet sich in den von Bernhöft citirten Tafeln II, 78 und II, 170.

264. 265) bei den Winnibägo, den Minomini und einem Algonkinstamme (Nr. 24. 52. 64); auch hier ohne weitere Durchführung.

Unmöglich konnte sich natürlich die Cousinehe bei den Stämmen bilden, die in Folge der Verheirathung mit oberen und unteren Generationsstufen den Cousinbegriff nicht entwickelten; da bei den Völkern des Omahasystems unser Cousin = (Bruder oder) Neffe oder Onkel oder Sohn, und bei den Völkern des Choktasystems = (Bruder oder) Vater oder Sohn (S. 88. 98), so wäre die Verheirathung eine Verheirathung mit Nichte, Mutter, Tochter, gewesen, was selbstverständlich ausgeschlossen ist (vgl. auch S. 63).

Mithin ist die Cousinehe bei den Rothhäuten nur noch in seltenen Ausflüssen zu erkennen.

Wohl aber finden wir bei den Pauni und Arickari (in den Tafeln II nr. 34. 35. 36)[290]) die Nachcousinehe, die sich aus den obigen Erörterungen als historische Entwickelung von selbst ergibt.

Setzen wir nämlich die obige Reihe (S. 126) fort, so kommen wir dazu, dass schliesslich α^2 und β^1 zusammen heirathen, und ebenso β^2 und α^1; wenn wir nun links den Ehemann und rechts die Ehefrau setzen, so ergibt sich folgende Gleichung:

α^1 heirathet β^2,
das Kind wird ein $\beta\beta^2$,
α^2 heirathet β^1,
das Kind wird ein $\beta\beta^1$,
β^1 heirathet α^2,
das Kind wird ein $\alpha\alpha^2$,
β^2 heirathet α^1,
das Kind wird ein $\alpha\alpha^1$.

Wenn sich nun in dieser Generation wieder $\alpha\alpha^1$ und $\beta\beta^1$ an einander schliessen, und $\alpha\alpha^2$ und $\beta\beta^2$, so ist die Ehe der Nachgeschwisterkinder gegeben; also:

---

[290]) Vgl. über diese Stämme auch Bernhöft S. 29.

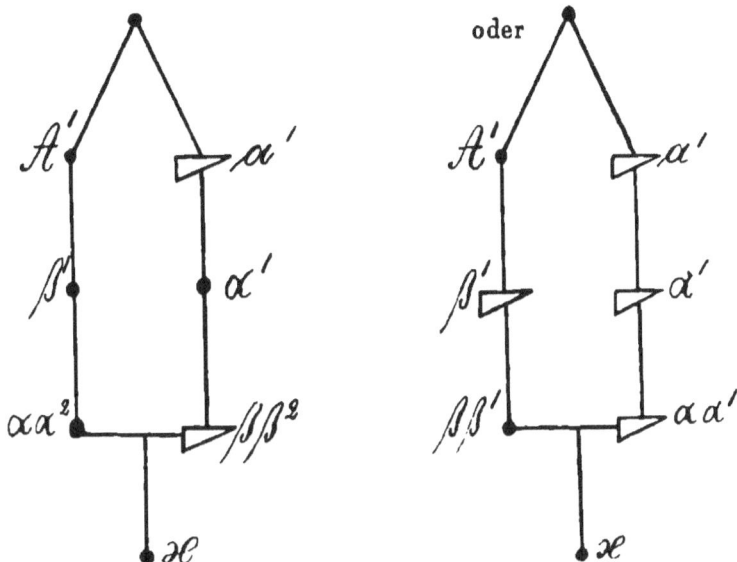

oder

Aus dieser Zusammenehe ergeben sich nun folgende Gleichungen, welche das Recht der **Pauni** und **Arickari** aufweist: Vatervatervater = Onkel, denn A^1 ist Onkel von α^1 und damit auch Onkel (Grossonkel) seiner Descendenten.

Aus demselben Grunde nennt A^1 den x Neffen: also Urgrossvater = Onkel, Urenkel = Neffe.

So **Morgan** II, 3 und 13. 14. 35. 51.

Aus demselben Grunde nennt man hier den Mutter[2]-Brudersohn[4] wiederum Neffen (**Morgan** II, 193. 194) — was wir allerdings, da Ego diesem gegenüber als Grossvater gilt, erst in der folgenden Generation erwarten sollten (Urgrossvater = Onkel, nicht Grossvater = Onkel).

§ 11.

Die geschwistereheliche Gruppenverwandtschaft, deren Typus das **Hawaische** ist, bringt folgende Gleichungen:

Schwestersohn (wenn ein Mann spricht) = Sohn (**Morgan** III, 37),

Brudersohn (wenn ein Weib spricht) = Sohn (Morgan III, 45),

Vaterschwester = Mutter (Morgan III, 87),

Mutterbruder = Vater (Morgan III, 113),

Vaterschwestermann = Vater (Morgan III, 88),

Mutterbruderweib = Mutter (Morgan III, 114),

Cousin = Bruder (Morgan III, 89—92. 115—118),

Cousine = Schwester (Morgan III, 95—98. 121—124),

Cousinsfrau = Schwester (Morgan III, 93. 94. 119. 120),

Cousinemann = Bruder (Morgan III, 99. 100. 125. 126),

Schwiegersohn = Sohn (Morgan III, 239. 240),

Schwiegervater = Vater (Morgan III, 231),

Schwager = Bruder (Morgan III, 257).

Diese Gleichstellungen sind im Hawaischen mehr oder minder durchgeführt; sie deuten auf eine Gruppenehe vor der totemistischen Sonderung hin, auf welche wir hier nicht näher eingehen.

Spuren solcher ehemaligen Geschwisterehe, bei der also keine totemistische Scheidung obgewaltet hätte, finden sich bei wenigen Stämmen Nordamerikas[291]).

Zunächst bei einigen Athapaskan (Tinne)[292]). Zwei Athapaskanstämme haben consequent die Gleichung:

Schwestersohn (wenn ein Mann spricht) = Sohn, so Morgan II, 37. 39. 79. 81. 157 (nr. 65. 66).

Bei mehreren Stämmen treffen wir die Gleichstellung, dass eine Frau die Söhne ihres Bruders Söhne nennt, nämlich bei 4 Athapaskan- und bei 3 Algonkin-, auch bei einigen Irokesenstämmen (Morgan'sche Reihe nr. 64—67. 61—63 und 2. 3. 4. 5. 7), so Morgan II, 45. 47. 76. 78. 154[293]).

---

[291]) Vgl. auch Bernhöft S. 46 f.

[292]) Also Stämmen des Nordens; über sie vgl. Powell, 7 Report p. 51.

[293]) Abgesehen von wenigen Modifikationen. Wenn bei den Choktastämmen der Sohn des Bruders (wenn ein Weib spricht) Enkel heisst, so hat das, wie oben (S. 93 f.) ausgeführt, eine andere Bedeutung.

Die analogen Gleichstellungen, dass
  a) Vaterschwester = Mutter,
  b) Mutterbruder = Vater,
  c) Vaterschwestermann = Vater,
  d) Mutterbruderweib = Mutter,
lassen sich nachweisen, und zwar
  a) bei 2 Algonkinstämmen (Morgan II, 87 nr. 61.
    62: Stiefmutter, kleine Mutter) und bei 5 Irokesen-
    stämmen (II, 87 nr. 2—5 und 7)²⁹⁴),
  b) nirgends,
  c) bei 3 Algonkin- und einem Athapaskanstamme
    (II, 88 nr. 61—63. 67: Stiefvater), ausserdem bei
    den Irokesen und einem Dakotastamm (II, 88, nr.
    1—7 und 9: Vater oder Stiefvater)²⁹⁵),
  d) bei einem Algonkinstamme (II, 114 nr. 63) und
    bei 2 Irokesenstämmen (II, 114 nr. 4 und 5).
Die weitere Gleichstellung
    Cousin = Bruder
begegnet uns bei verschiedenen Athapaskanstämmen, die uns
bereits Züge der Geschwisterehe gegeben haben; so
    Morgan II, 89. 90. 91. 92 (nr. 64. 66. 67. 68);
        II, 115. 116. 117. 118 (nr. 64. 66. 67. 68);
ebenso die Gleichung
    Cousine = Schwester,
        II, 95—98 (nr. 66. 67. 68); II, 121—124 (nr. 66.
        67 und bezw. 68).
Diese Gleichungen können auf anderen Gründen beruhen;
finden wir aber bei Völkern sonstige Spuren der Geschwisterehe, so werden sie wohl darauf zu beziehen sein.
Dieselben kommen übrigens auch bei anderen Stämmen
vor; so bei einem Irokesenstamm (Morgan'sche nr. 7), so bei

---

²⁹⁴) Die Gleichstellung Vaterschwester = Grossmutter oder Mutter
bei den Stämmen der Choktagruppe hat eine andere Bedeutung (S. 93 f.).
   ²⁹⁵) Bezüglich der Choktagruppe gilt auch hier das in den vorigen
Noten Gesagte.

einem Stamme der Rocky-Mountains (Morgan'sche nr. 56), so
bei mehreren Algonkinstämmen (Morgan'sche nr. 59. 61—63).
Dagegen fehlt fast durchaus die Gleichung

Cousinsfrau = Schwester,
Mann der Cousine = Bruder.

Bei einigen Irokesenstämmen kommt es auch vor, dass
eine Frau die Söhne des Cousins (des Vaterschwestersohns
oder des Mutterbrudersohns) = Söhne nennt (statt Neffen); so
Morgan II, 102 nr. 2—7; II, 128 nr. 2—5 und 7)[296]); II,
170 nr. 2—7.

Die ferneren Gleichstellungen,

Schwiegersohn = Sohn,
Schwiegervater = Vater,
Schwager = Bruder,

finden sich nicht oder nur vereinzelt, in welcher Beziehung
ich auf Bernhöft S. 47 verweisen kann; jedoch möchte ich
die bei einem Choktastamme sich findende Gleichstellung
Schwiegervater = Vater auch hier ausschalten, da es nur als
Variante des üblichen Schwiegervater = Grossvater erscheint.

Betrachten wir das Ganze, so können wir bei den Athapaskan und bei einigen Algonkin- und Irokesenstämmen eine
gewisse Konsequenz wahrnehmen.

Am wahrscheinlichsten ist die Geschwisterehe bei den
Athapaskan; in der That wird von einigen Stämmen des
Nordens, namentlich den Konjägen erzählt, dass sich bei
ihnen Bruder und Schwester mische[297]).

Im übrigen können wir hier nur Spuren konstatiren, die
uns bis jetzt nicht zu sicheren Resultaten führen.

---

[296]) Dagegen beruht II, 102, nr. 8 ff. auf Uebersetzungsfehlern:
Hewaetch heisst bei den Wyandot nicht Sohn, sondern Neffe, wie richtig
in II, 128 und 170 vermerkt; vgl. II, 45. Aehnlich ist II, 128 nr. 7 leyäah
unrichtig mit Neffe statt Sohn wiedergegeben.

[297]) Langsdorff II S. 58. Sonst finden sich nur vereinzelte Berichte über vorkommende Geschwisterehe: so in Neuengland in der
Königsfamilie; Nachweis bei Waitz III S. 106.

§ 12.

Das klassifikatorische System in seinen wesentlichen Zügen findet sich auch bei den Indianern des Nordens, so weit unsere Kunde reicht: so bei den Eingeborenen am Sklavensee [298]), am Mackenzie [299]), bei den Kutschin [300]), den Tukuthe [301], bei den Columbiastämmen [302]).

Dagegen ist bei den Innuit (Eskimos) fast kein Zug der klassifikatorischen Verwandtschaftsbenennung mehr übrig, höchstens dass die Brüder der Grossväter wieder Grossväter und der Mann der Nichte = Schwiegersohn, die Frau des Neffen = Schwiegertochter, Mann und Frau der Cousins = Mann und Frau der Geschwister heissen [303]).

Die Eskimos haben längst die totemistische Stammesverfassung aufgegeben und in ihrer Sprache und Familienanschauung einen anderen Weg eingeschlagen, ohne dass jedoch alle Spuren ehemaliger Gruppenehe verwischt wären [304]).

[298]) Morgan p. 234.
[299]) Morgan p. 236.   [300]) Morgan p. 239.
[301]) Morgen p. 239.   [302]) Morgan p. 247.
[303]) Morgan p. 276. 277. Die Tafel von Dall in den Contributions I p. 117 bestätigt dies, soweit sie reicht, nach der negativen Seite hin.
[304]) So weit die Verwandtschaftsbezeichnung der nordamerikanischen Stämme. Ueber die Stämme Südamerikas wage ich bei dem vorhandenen Material noch kein Urtheil. Aus Steinen's neuem Werke über die Bakairisprache (S. 14 f.) ergeben sich allerdings folgende Gleichungen:
Vater = Vaterbruder, tsogo (Koseform),
Mutter = Mutterschwester, ise,
Bruder = Cousin, parigo (älterer), kχono (jüngerer),
Schwester = Cousine (χoru),
Bruder = Brudersohn.
Dagegen sind bei den Caraya in Brasilien keine solchen Gleichungen festzusetzen:
Vater = waha, Vaterbruder = waϑana,
Mutter = nadi, Mutterschwester = waϑa ϑira,
Mutterbruder = wanarura, Schwiegervater = wara debu,
Vaterschwester = wahaura, Schwiegermutter = wariore ϑehar.
Vgl. darüber Ehrenreich in Zeitschr. f. Ethnol. XXVI S. 31.

§ 13.

Die Gruppenehe hat aber nicht nur in der Sprache, sondern auch im Leben der Indianer deutliche Spuren hinterlassen, und wir glauben Beweise genug erbringen zu können, um den aus der Verwandtschaftsbezeichnung geschöpften Schluss auf die ehemaligen Gruppenverhältnisse zu rechtfertigen.

Als Beweisstücke ergeben sich wie folgt:
I. Wirklich noch vorhandene Gruppenverhältnisse;
II. potentielle, zeitweise hervortretende Gruppenverhältnisse,
   a) bei Tod eines Theils,
   b) in Festzeiten,
   c) in sakralen Beziehungen;
III. gruppeneheähnliche Verhältnisse.

I. Die Gruppenehe wird als wirklich vorhanden bezeugt bei den Omaha, und dies von einem Beobachter, wie Dorsey, dessen Zuverlässigkeit über alle Zweifel erhaben ist.

Dorsey sagt in seiner kurzen naiv-überzeugenden Weise p. 261: The maximum number of wives that one man can have is three, e. g., the first wife, her aunt, and her sister or niece, if all be consanguinities. . . . When a man wishes to take a second wife, he always consults his first wife, reasoning thus with her: „I wish you to have less work to do, so I think of taking your sister, your aunt, or your brother's daughter for my wife . .“ . . Sometimes the wife will make the proposition to her husband, „I wish you to marry my brother's daughter, as she and I are one flesh." Instead of „brother's daughter", she may say her sister or her aunt [304a]).

Das Verhältniss der Frau zum Bruder ihres Mannes aber ergibt sich beim Tode ihres Mannes; so sagt Dorsey p. 258:

A man takes the widow of his real or potential brother

[304a]) Hierbei muss man berücksichtigen, dass der Mann mit der schwangeren Frau nicht mehr umzugehen pflegt, also leicht in die Lage kommt, eine weitere Frau zu begehren; Lafitau I p. 559 f., Lahontan II p. 137 f.

in order to become the stepfather . . . of his brother's children. Auch das Verhältniss des Mannes zur Schwester seiner Frau tritt im Todesfalle besonders hervor: When the wife is dying she may say to her brother, „Pity your brother-in-law. Let him marry my sister."

Hier zeigt sich nun auch völlig klar die Art der Gruppen-ehe. Jedem ist die ganze Gruppe von Frauen designirt, die er nehmen kann, wenn er sich nicht mit einer oder zwei be-gnügen will. Ebenso ist dem Weib der Bruder ihres Mannes designirt, für den Fall, dass ihr Mann wegfällt. Das Levirats-recht ist hier eine Reminiscenz der Gruppenehe: der Bruder tritt mindestens ein, wenn der erste Mann stirbt. Ent-sprechend kommt es auch bei manchen Stämmen vor, dass sie einstweilen für den Bruder des Vaters eine andere Bezeich-nung haben, diesen aber sofort Vater oder Stiefvater nennen, sobald ihr rechter Vater gestorben ist; so bei den Columbia-stämmen, wie dies Morgan p. 248 erwähnt:

My father's brother I call Is-se-malt. After the death of my own father I call him my step-parent, Es-tlu-es-tin. Das-selbe gilt von der Schwester der Mutter, die nach dem Tod der eigenen Mutter sofort Es-tlu-es-tin wird.

Der Nachweis des realen Gruppeneheverhältnisses bei den Omaha ist also sicher gegeben. Betrachten wir nun, wie das ganze Verwandtschaftsband derselben auf dieser Art der Gruppen-ehe, der Ehe mit Frau, mit ihrer Schwester, Tante und Nichte beruht und wie sich die Verwandtschaftsbezeichnungen mit eiserner Konsequenz aus dieser Gleichung der mehreren Frauen ergeben, so haben wir nicht nur einen vollgültigen Beweis für die Omaha, sondern überhaupt einen vollgültigen Beweis dafür, dass die Verwandtschaftsbezeichnung auf der Gruppenehe beruht und nur so zu erklären ist. Und da eine Reihe von Stämmen der Omahaform folgen, da anderer-seits die Choktaform nur das Widerspiel derselben in der entgegengesetzten Richtung ist, so ist gewiss für alle, diesen Verwandtschaftsformen folgende, Völker die Gruppenehe so sicher bewiesen, als in historischen Verhältnissen überhaupt etwas bewiesen werden kann.

Auch von den, den Omahas verwandten, Osages haben wir eine bestimmte unzweifelhafte Mittheilung von Nuttal: That curious species of polygamy . . . is likewise practised by the Osages, by which the man, who first marries into a family, from that period possesses the control of all the sisters of his wife, whom he is at liberty either to espouse himself or to bestow upon others[305]).

Auch bei anderen Stämmen finden wir die Gruppenehe im Leben. Bei den Krähen hat der Mann das Recht auf alle Schwestern seiner Frau[305a]). Von einem Irokesenstamm wird factische Polyandrie berichtet[305b]).

Bei den Ojibwä heirathen die Männer, wenn sie mehrere Frauen wollen, mit Vorliebe mehrere Schwestern[306]). In der That gehören die Ojibwä nach ihrer Verwandtschaftsbezeichnung zu den Nationen, bei welchen der Mann nur Schwestern, nicht auch deren Nichten und Tanten heirathet, also zu den Gruppenehevölkern, welche die gleiche Generationsstufe innehalten: zu den Nationen, welche in Folge dessen eine Cousinbezeichnung haben. Aehnliches gilt von den Algonkin[306a]).

Die Ehe mit mehreren Schwestern wird auch von den Mandan und Minnitari erzählt[307]), wovon (wenigstens) die letzteren der Choktagruppe angehören. Auch von Stämmen in Louisiana (ebenfalls Völkern der Choktagruppe) wird das Zusammenheirathen mehrerer Schwestern berichtet[308]), ebenso in Carolina, wo man mehrere Schwestern und noch die Wittwe des

---

[305]) Nuttal p. 185.
[305a]) Morgan, Anc. Soc. p. 160.
[305b]) Lafitau I p. 555.
[306]) Jones, Ojebway p. 81.
[306a]) Lafitau I p. 559.
[307]) Lewis and Clark p. 557; Prinz zu Wied II p. 130 (Mandan: wer die älteste Tochter hat, hat das Recht auf alle ihre Schwestern).
[308]) Hennepin p. 38.

Bruders heirathete[309]); ebenso bei kalifornischen Stämmen[310]); und von den Nez Percés im Innern von Columbia
heisst es: marrying the eldest daugther entitles a man to the
rest oft the family, as they grow up; und wenn ein Weib
stirbt: her sister or some of the connexion, if younger than
the deceased, is regarded as destined to marry him[311]); ja,
diese Destination der jüngeren Schwester geht so weit, dass der
Wittwer sie reclamirt, selbst wenn sie anderwärts verheirathet
ist[312]). Ebenso hat bei den Apaschen der Mann das Recht
auf die jüngeren Schwestern der Frau, eventuell auf andere
Klanfrauen[312a]).

Bei den Tlinkit und den Konjägen besteht die Sitte
der Nebenmänner; solche sind Brüder oder nahe Verwandte
des Mannes[313]): solange der Mann anwesend ist, treten sie
zurück; dagegen haben sie das Recht, in Abwesenheit des
wirklichen Mannes bei dem Weibe dessen Stelle einzunehmen,
verlieren es aber, sobald er zurückkehrt[314]).

Sie bestreiten die Kosten des Unterhaltes mit; daher wird
auch ein Verwandter des Mannes, der mit der Frau Ehebruch
getrieben hat, zum Nebenmann erklärt und hat dann zum
Unterbalt beizutragen[315]); ein deutlicher Hinweis, wie die
Frau ursprünglich den Verwandten des Mannes in complexu
gehörte, wesshalb auch späterhin noch der Ehebruch eines
solchen eine ganz besondere Bedeutung hat.

Auf derartige Verhältnisse weist auch Langsdorff hin
bezüglich der Aleuten, zu denen im weiteren Sinne auch
die Konjägen gehören[316]).

---

309) Lawson p. 186.
310) Nachweise bei Bancroft I p. 388 f.
311) Alvord in Schoolcraft V p. 654.
312) Alvord p. 654 f.
312a) Bourke, Folk-lore Journ. V p. 118.
313) Holmberg S. 316. 399.
314) Holmberg S. 399.
315) Holmberg S. 316.
316) Langsdorff II S. 43.

Auch von den Innuit wird gemeldet, dass bisweilen mehrere Männer eine Frau gemeinsam haben[317].

Ein weiteres nicht ausser Acht zu lassendes Symptom ist, dass die Cousins den Geschwistern im Leben gleichstehen; so bei den Ojibwä[318]); und von den Chirokesen erzählt ein Beobachter des vorigen Jahrhunderts: the whole tribe reckon a friend in the same rank with a brother, both with regard to marriage and any other affair in social life[319]).

Soweit die Ehe mit Gruppengenossen. Eine interessante Reaktion hiergegen findet sich im Recht der Wyandot: der Mann darf zwar Polygamie treiben, die Frauen müssen aber je verschiedenen Totems angehören[320]): es ist dies eine Reaktion gegen die Ehe mit mehreren Schwestern, die sich auch sonst findet und die sich daraus erklärt, dass die Stellung der mehreren Frauen keine gleiche zu sein pflegt und diese Verschiedenheit des Rechts von einer Schwester besonders schwer empfunden wird.

II. a) Dass beim Tod des einen Ehegatten sein Bruder oder seine Schwester in die Stelle tritt, findet sich ganz allgemein.

Bei den Ojibwä kann der Bruder des Mannes die Wittwe zu sich nehmen, die dann in der Trauerzeit abgekürzt ist; sonst muss sie die ganze Trauerperiode hindurch das Kleiderbündel, das ihren Mann repräsentirt, mit sich schleppen: erst dann darf sie, wenn der Mannesbruder sie verschmäht, einen Anderen heirathen[321]). Auch bei den Apaschen hat der Bruder des Verstorbenen ein Recht auf die Wittwe, muss es aber in einem Jahr ausüben[321a]).

---

[317]) Ross, Second voyage p. 356. 373.

[318]) Long II p. 171.

[319]) Adair p. 190.

[320]) Powell, 1. Report p. 63. Auch von Eskimo wird erzählt, dass man nicht zwei Schwestern heirathen dürfe, Lyon p. 256.

[321]) Yarrow in 1. Report p. 184. 185; Long II p. 171. Dass auch dem Wahlbruder dieses Leviratsrecht zusteht, ist begreiflich; der Wahlbruder ist gleich dem Bruder in die Familie eingetreten.

[321a]) Bourke, Folk-lore Journ. V p. 118.

Von den Huronen, Delawaren und Irokesen erfahren wir, dass der Wittwer meist eine Schwester der verstorbenen Frau heirathet und die Wittwe von den Verwandten
des Mannes erhalten oder weiter verheirathet wird [322]). Auch
bei den Kaliforniern fällt die Wittwe an den Bruder des
Mannes [323]). Selbst bei den Eskimo nimmt der Bruder
die Wittwe seines verstorbenen Bruders als Frau zu sich [324]).

Wie sehr dieses Leviratsrecht mit der präsenten Polyandrie zusammenhängt, beweist das Leben der Tlinkit:
hier verkehrt die Frau schon während Lebzeiten des Mannes
sexuell mit dessen Bruder als Nebenmann, wie dies soeben erwähnt wurde, und folgt ihm dann, wenn sie Wittwe
wird [325]).

b) Sehr gebräuchlich ist eine orgienhafte Ungezwungen-
heit im sexuellen Umgang bei gewissen Feierlichkeiten und
Weihefesten, was sicher auf ehemalige Verhältnisse der Weiber-
und Männergemeinschaft hindeutet.

Bei den Mandan werden, wenn es an Jagd gebricht,
Feste gefeiert, wo man die Frauen den alten Männern über-
lässt [326]); und bei der Aufnahme in den Geheimbund wird die
Frau dem Initiator preisgegeben [326a]).

Ebenso werden von kalifornischen Stämmen solche
ausgelassene Verhältnisse bei Feierlichkeiten bestätigt [327]).

Namentlich aber treffen wir im Norden derartige commu-
nale Orgien; so bei den Aleuten [328]) und insbesondere bei
den Innuit (Eskimo): bei gewissen Festlichkeiten mischen

---

[322]) Lahontan II p. 141; Lafitau I p. 560; Loskiel S. 83.
[323]) Venegas I p. 94.
[324]) Klutschak S. 234.
[325]) Dall, Alaska p. 416; Krause, Tlinkit S. 221.
[326]) Lewis and Clark p. 221; Prinz zu Wied II S. 181.
[326a]) Prinz zu Wied II S. 140. 143. 277. Auch bei Huronen-
stämmen findet sich ähnliches, Lafitau I p. 581.
[327]) Venegas I p. 93.
[328]) Dall, Alaska p. 399.

sie sich kraft eines religiösen Brauches unterschiedslos[329]),
und in Ostgrönland findet sich das Lampenlöschungsspiel, wo
dann solche Dinge vorkommen[330]).

c) Die Preisgebung der Frauen nach sakralen Grundsätzen ist gleichfalls verbreitet: die Frau wird dem Priester
hingegeben, der sie statt ihres ganzen Stammes deflorirt oder
begattet.

In oberkalifornischen Stämmen musste sich die Frau
jedem Zauberer, dem sie begegnete, überantworten[331]).

Bei den Eskimo muss sich die Frau, namentlich wenn
sie unfruchtbar ist, dem Angekok preisgeben[332]), und die
Kinipetueskimo haben ein förmliches jus primae noctis[333]).

III. Die Gruppenehe führt zu einem sexuellen Umgange
der Gruppen, aus dem die Einzelehe die Frau heraushebt.
Daher ist es begreiflich, dass vor der Ehe ein freier Geschlechts-
verkehr waltet, der vielfach in der Art beschränkt ist, dass die
Verbindung nur im betreffenden Stamm erfolgen darf, und dass die
nähere Verwandtschaft und die Totemeinheit vermieden werden
muss. Dieser gruppenweise Umgang war in Urzeiten die
Regel, jetzt wird ihm durch die Einzelehe ein Ziel gesetzt,
weil die früher der ganzen Gruppe zustehende Frau nunmehr
dem einen Mann verfangen ist; vor der Ehe aber besteht die
ungezwungene Mischung fort.

Der freie sexuelle Umgang vor der Ehe wird nun aber
durchaus von fast allen Indianerstämmen bestätigt; so von
den Huronen, Wyandot[334]); allerdings erfahren wir von

[329]) Egede S. 160; Boas, 6. Report p. 605; Nordenskiöld, Grönland S. 463.
[330]) Nansen, Eskimoliv p. 146.
[331]) Boscana p. 276.
[332]) Egede S. 161; vgl. auch Nansen p. 145.
[333]) Klutschak S. 234; vgl. auch schon Zeitschr. f. vergl. Rechtsw.
IV S. 287.
[334]) Parkman, Jesuits p. XXXV. Vgl. übrigens auch Lafitau I
p. 584 f.

diesen, dass die Mutter und ihre Verwandten eine Controle über die Tochter üben und sie züchtigen, wenn sie über das Mass hinausgeht[335]). So wird der freie Verkehr vor der Ehe von den Irokesen[336]) erzählt, von den Attiguatan[337]), von den Mandan[337ᵃ]), von den Stämmen in Carolina[338]). So bei den Südstämmen, wo es das Ansehen mehrte, wenn das Mädchen viele Liebhaber hatte, nur sollte sie kein Kind bekommen[339]). Die Mädchen wurden auch auf Zeit verliehen[340]), was die unmittelbare Folge dessen ist, dass man die Gruppenverbindung schliesslich als etwas nur auf besondere Erlaubniss hin Gestattetes betrachtete.

Ebenso gehört bei den Natchez der Umgang vor der Ehe zu den Ruhmestiteln des Mädchens; während die Frauen tugendhaft sein sollen[341]).

Von den Komantschen wird ausdrücklich berichtet, dass die voreheliche Verbindung freisteht, nur muss sie sich innerhalb des Stammes halten[342]).

Der voreheliche Verkehr ist auch bei den kalifornischen Stämmen allgemein üblich; so bei den Karok[343]); bei den Pomo gar gelten die jungen Mädchen als Gemeingut[344]), während man von den Weibern Treue fordert.

Auch von anderen dortigen Stämmen gilt Aehnliches; dabei

---

[335]) Powell, 1. Report p. 66.
[336]) Lahontan II p. 130 f.; Parkman p. XLV.
[337]) Champlain I p. 383 und Sagard p. 111 f. (der hier, wie oft, Champlain fast wörtlich wiedergibt).
[337ᵃ]) Prinz zu Wied II p. 131.
[338]) Lawson p. 187.
[339]) Jones, Antiquities p. 69. Vgl. auch, über die Crik, Swan in Schoolcraft V p. 272.
[340]) Hennepin p. 35.
[341]) Domenech, Voyage p. 509,
[342]) Ten Kate, Reizen p. 390.
[343]) Powers p. 22.
[344]) Powers p. 157.

wird auch hier von einem Beobachter berichtet, dass der Umgang sich im nämlichen Stamme halten muss[345]).

So gilt freie sexuelle Verbindung auch bei den Oregon-
stämmen[346]), so auch bei den Tschinuk[347]); namentlich
aber bei den Stämmen des Nordens.

Von den Aleutinnen wird berichtet, dass sie mehr als
Weibchen, denn als Weiber zu betrachten seien[348]); bei den
Konjägen herrscht die grösste Ungebundenheit[349]), auch
von den Haida werden derartige Dinge erzählt[350]).

So auch bei den Innuit (Eskimo)[351]): so verkehren
insbesondere bei den Kaviak die Unverheiratheten ohne Vor-
wurf miteinander[352]).

Von den Grönländern erzählt ein berühmter Reisender,
dass das Mädchen, das unehelich ein Kind bekommt, einen
besonderen Kopfputz annimmt, dass dies aber nicht zur Schande,
sondern zur Erhöhung des Ansehens beiträgt[353]); während
von einigen Stämmen Egede günstigere Berichte gibt[354]).

Aber auch was die Zeit nach der Ehe betrifft, wird die
Gebundenheit der Frau nur insoweit aufrechterhalten, als
der Mann sie beansprucht; daher findet sich der Austausch,
das Verleihen der Frauen allgemein. Dies ist nicht nothwendig als Ausfluss des Weibercommunismus zu betrachten,
es kann auch Folge des Herrschaftsrechts sein und wird darum
anderwärts, im Recht der Rothhäute, zur Darstellung kommen.
Sicher ist aber, dass eine ehemalige Communalehe sehr dazu

[345]) Wrangell I S. 88.
[346]) Gibbs, Contrib. I p. 199.
[347]) Bancroft I p. 242.
[348]) Ritter, Zeitschr. f. allgem. Erdk. N. F. XIII S. 255 (nach
russischer Quelle).
[349]) Belege bei Bancroft I p. 81 f.
[350]) Poole, Queen Charlotte Islands p. 312.
[351]) Murdoch, 9. Report p. 419.
[352]) Dall, Alaska p. 138.
[353]) Nansen p. 143.
[354]) Egede S. 161.

angethan ist, den Gedanken eines solchen Austausches und Ausleihens zu fördern.

Und wenn man vielfach der ungetreuen Frau die Nase abschneidet oder das Ohr abbeisst, so scheinen doch vielfach laxere Verhältnisse obzuwalten.

Von den Attiguatan erzählt einer der ersten Reisenden, der die Rothhäute besuchte, Champlain (Anfang des 17. Jahrhunderts): La nuict venue les jeunes femmes courent d'une cabanne à une autre, comme font les jeunes hommes de leur costé, qui en prennent par où bon leur semble, toutesfois sans aucune violence[355]); ein Bericht, den auch Sagard (1632) wiederholt[356]).

Und bei den Kaliforniern bedient man sich besonderer Schreckmittel: Vermummung, Zaubereien und ähnlicher Dinge, um die Frauen fürchten zu machen und sie in Unterthänigkeit und Treue zu erhalten, indem zeitweise ein Zauberer Verwünschungen ausstösst, eine Klapperschlange schwingt u. s. w.[357]) — was zu den vielen Trugmitteln gehört, wodurch die Männer bei den Naturvölkern ihre Herrschaft über die Frau zu befestigen pflegen.

§ 14.

Ueber die Gruppenehe und Cousinehe bei den Drawida kann ich mich zunächst auf die Darstellung Bernhöft's (Z. f. vergl. R. IX, S. 12 f.) und auf die darüber bestehenden indischen Berichte beziehen. Die Gruppenehe ist das kule kanyâpradânam des Brihaspati, das dort als eine noch vorkommende Sitte südlicher Stämme bezeichnet wird[358]).

Die Polyandrie der Toda namentlich ist bekannt und durch die Beobachtungen von Marshall[359]) über allen Zweifel

---

[355]) Champlain I p. 383.

[356]) Sagard p. 111. 115.

[357]) Powers p. 160.

[358]) Jolly im Grundriss der indo-arischen Philologie, Recht und Sitte S. 47.

[359]) A phrenologist amongst the Todas (1873).

erhoben worden. Die Art der Eingehung solcher polyandrischer Ehen ist höchst interessant und zeigt uns, wie auch die Gruppenehe den Frauenpreis nicht ausschliesst: der eine Bruder erwirbt sich eine Frau um ein keikuli, einen Frauenpreis; die übrigen erlangen ihren Theil dadurch, dass sie dem ersten Bruder den sie treffenden Antheil am Frauenpreis vergüten[360]).

Schon Bernhöft hat mit Recht bemerkt, dass, wo man von Polyandrie spricht, meist Gruppenehe zu Grunde liegt, die aber in Folge des häufigen Mordes weiblicher Kinder sich zur Polyandrie, also zur Verheirathung mehrerer Brüder mit einer Frau gestaltet.

Dass aber gerade bei den Toda neben Polyandrie auch Gruppenehe, d. h. die Verheirathung mehrerer Brüder mit mehreren Schwestern vorkommt, geht aus dem Bericht des Forschers hervor, der die Toda am eingehendsten studirt hat, nämlich Marshall's p. 206; wo es heisst, dass, wenn zugleich mehrere Frauen vorhanden sind, jeder Mann ein jedes Kind einer solchen Frau als das seinige behandelt. Damit ist das Vorhandensein der Gruppenehe von Seiten eines ganz unanfechtbaren Beobachters dargethan.

Das ergiebt sich auch noch aus der Mittheilung, dass der Bruder die Wittwe des verstorbenen Bruders an sich nimmt[361]); tritt nun dieser Bruder mit einem schon verheiratheten Bruder in Frauengemeinschaft, so findet wiederum das Verhältniss statt, dass mehrere Frauen mit mehreren Männern verbunden sind.

So treffen wir die Polyandrie in einem Ueberrest auch bei den Bhil in Panch Mahal, sofern der Umgang des älteren Bruder mit der Frau des jüngeren nicht verboten ist[362]). Weitere Nachweise für die Frauengemeinschaft in Südindien sind bei Mayne, Hindu Law § 58 gegeben.

Bei den Nair ist die Gruppenehe zur Wechselehe geworden, indem die Frau nicht zu gleicher Zeit mehrere Männer

---

[360]) Marshall p. 213.   [361]) Marshall p. 207.
[362]) Zeitschr. X S. 68.

hat, sie aber in kürzerer oder längerer Zwischenzeit zu wechseln pflegt; ein Verhältniss, das so bekannt ist, dass eine weitere Schilderung unterbleiben kann [363]).

Nachgewiesen ist ferner die Polyandrie bei den Cingalesen, auch hier in der Art, dass ein Mann sich oftmals nachträglich einen Partner nimmt [364]); und auch hier mit gewöhnlicher Cousinehe [365]).

Bei den Tottyar in Madura wird uns das polyandrische Verhältniss so geschildert, dass Bruder, Onkel und Neffen die Frau in Gemeinschaft nehmen [366]). Das würde also zu ähnlichen Verhältnissen wie die Choktaehe führen; doch scheint diese Art der Verbindung nur local zu sein; denn eine Gestaltung der Verwandtschaftsnamen in der Art der Choktafamilie finden wir bei den Drawida nicht. Wir finden nicht die Gleichstellung:

Vaterschwester = Grossmutter,

sie heisst Tante (Morgan III, 87); ebenso heisst Brudersohn (wenn ein Weib spricht) nicht Enkel, sondern Neffe (Morgan III, 45), Schwestersohn (wenn ein Mann spricht) heisst nicht Bruder, sondern ebenfalls Neffe (Morgan III, 37); sie kennen den, den Choktavölkern unbekannten Cousinbegriff (Morgan III, 89—92. 115—118) u. s. w.

Die Gruppenehe der Drawida ist daher eine Gruppenehe mit Gleichheit der Generationsstufen, wozu ja auch der Brauch der Cousinehe von selbst führt.

Von dieser Cousinehe ist bereits die Rede gewesen; sie ist nachweisbar auch bei den Gond [367]) und bei den Komti in Dharwar [368]).

---

[363]) Zeitschr. X S. 67 und die dort citirten.

[364]) Rechtsvergleichende Studien S. 233, jetzt auch Jolly a. a. O. S. 44 auf Grund des Niti-Nigandhuva.

[365]) Rechtsvergleichende Studien S. 233.

[366]) Dubois, Moeurs des peuples de l'Inde (1825) p. 5.

[367]) Zeitschr. VIII S. 144.

[368]) Zeitschr. X S. 72. Nachgewiesen ist sie auch bei den Chins

Die Polyandrie der Himalayavölker endlich sei hier nur
noch erwähnt, da diese Stämme aus unserer Betrachtung heraus-
fallen. Vergl. darüber Z. f. vergl. R. VII, S. 229; und über
die Polyandrie der Jats vergl. Kirpatrick in Indian Antiquary VII, p. 86[369]), und im Allgemeinen Stulpnagel ib.
VII, p. 134: der Frauenpreis wird auch hier von mehreren
Brüdern zusammen erlegt.

§ 15.

Dem Frauencommunismus der Amerikaner und Drawida entspricht der Sachencommunismus.

So bei den Rothhäuten[370]).

Bei den Irokesen gehörte nicht nur das Land dem
Stamme, der es den einzelnen Familien zur Kultur zuwies[370a]),
sondern es galt eine unbegränzte Gastfreundschaft[371]); und
bis in dieses Jahrhundert hinein bauten sie Häuser von 50 bis
100 Fuss Länge, in denen mehrere Familien in verschiedenen
Abtheilungen mit verschiedenen Feuerstellen zusammenwohnten;
die Insassen hatten Nahrungscommunismus: eine Matrone ver-
theilte die Lebensmittel an die Feuerstätten[372]).

So erzählt auch Champlain von den Attiguatan

---

in Birma (Zeitschr. VI S. 187) und bei den Malayen (Ausland 1893,
S. 324), wo auch über die weitere Entwickelung. Wenn Mucke S. 224,
weil er den für den genauen Kenner der Morgan'schen Tafeln selbst-
verständlichen Zusammenhang zwischen Gruppenehe und Cousinehe nicht
erschaut, mir wohlfeile Redensarten ohne eigentlichen Inhalt vorwirft,
so erwidere ich, dass ich gegen solche Wendungen eine wissenschaftliche Polemik nicht führe.

[369]) Bei diesen scheint übrigens die Polyandrie vielfach zur Wechselehe zu werden; vgl. Zeitschr. f. vergl. Rechtsw. VII S. 208.

[370]) Im Allgemeinen vgl. Powell, 7. Report p. 34.

[370a]) Man wechselte alle zehn bis zwanzig Jahre die Sitze, Hale p. 50.

[371]) Morgan, League p. 327 f. und 4. Contrib. p. 45. Vgl. auch
schon den Bericht von 1658 in Margry, Mémoires I p. 345 f., und Loskie
S. 19 f.

[372]) Lafitau II p. 10 f.; Morgan, Contributions p. 119, 121;
auch Houses p. 32; League 315 f. Vgl. auch Loskiel S. 69.

(Anfang des 17. Jahrhunderts), dass sie in grossen Hütten lebten mit 12 Feuerstellen und 24 Haushaltungen, wobei im Hintergrund die (wohl sicher gemeinsamen) Vorräthe aufbewahrt wurden [373]).

Ebenso berichtet Sagard von den Huronen [374]): die Hütten hatten bis zu 12 Feuerstellen und 24 Familien (je eine rechts, die andere links vom Feuer [375]).

Aehnliches lässt sich von den Mandan [376]) und Crik konstatiren, ebenso von den Schoschoni [377]), den Pueblo [377a]) und den Columbiavölkern [378]).

Das gleiche System finden wir bei den Tschinuk, wo 3 oder 4 Familien gemeinsam zusammenlebten [379]).

Ebenso bei nordischen Stämmen, z. B. den Konjägen [380]).

So ist auch die communistische Gastfreundschaft überall verbreitet; so bei den Mandan [381]), bei den Crik [382]); so bei Nordstämmen, z. B. den Aleuten [383]).

Einen eigenartigen Rest des Communismus treffen wir bei den Columbiastämmen: wenn ein Totemgenosse dem Totemgenossen begegnet, so kann er ihm das Totembild weisen und auf Grund dessen vom Genossen eine Gabe fordern [384]): Totemcommunismus!

Das bereits bei den Irokesen erwähnte Stammland

---

[373]) Champlain I p. 373.
[374]) Sagard, Voyage p. 81 f.
[375]) Ueberhaupt stimmt die Stelle mit der des Champlain fast wörtlich überein!
[376]) Catlin I p. 82. 83; Prinz zu Wied II p. 127.
[377]) Morgan, 4. Contrib. p. 68. 73 und Consanguinity p. 489.
[377a]) Americ. Antiquar. X p. 351 f.
[378]) Dawson, Ausland 1888, S. 926.
[379]) Lewis and Clark p. 783. 767.
[380]) Holmberg S. 376.
[381]) Catlin I p. 122.
[382]) Bartram S. 466.
[383]) Wrangell I S. 205 (nach Veniaminoff).
[384]) Mayne, Four years in Brit. Columb. p. 258.

findet sich auch bei anderen Völkern, welche zum Ackerbau
gelangt sind; wobei dann das Geräthe bald dem Einzelnen zukommt, bald auch gemeinsam ist.

So gehörte bei den Wyandot das Kulturland dem Stamme,
der es den Totems zuwies, und diese wieder den Familien:
alle 2 Jahre[385]); Haus-, Jagd-, Fischereigeräthe gehörten
zwar dem Einzelnen, jedoch grössere Kanoes waren Totem-
gut[386]). Auch bestand eine unbeschränkte Gastfreundschaft[387]).

. Auch die Grasfeldwirthschaft mit Wechsel der Wohnsitze
wird schon von Champlain (Anfang des 17. Jahrh.) kon-
statirt[388]); und ebenso (im 18. Jahrh.) von Lafitau[388a]).

Die Crik bebauten die Felder gemeinsam; jeder bekam
die Ernte eines bestimmten ihm zugewiesenen Landstrichs,
pflegte aber dann einen Theil zur Königsscheuer niederzulegen:
diese bildete die Vorrathskammer für die, deren Vorrath sich
erschöpfte[389]).

Aber auch bei der Jagdoccupation tritt vielfach der Communismus hervor. Bei den Dakota hat, wer ein Wild fängt,
es mit jedem zu theilen, der ihm begegnet[390]).

Noch mehr ist diese Occupationscommunismus bei den
Nordstämmen verbreitet.

Bei den Aleuten war in Zeiten des Bedürfnisses der
Fänger eines Thieres oder der sonstige Besitzer von Nahrungs-
mitteln verpflichtet, den Bedürftigen davon mitzutheilen: wer
bedürftig war, setzte sich ans Ufer und wartete den Fänger
ab; er verlangte nicht ausdrücklich, aber stillschweigend, und
sprach nur das Wort akh (ich danke)[391]).

[385]) Powell, 1. Report p. 65.
[386]) Powell p. 65.
[387]) So Sagard, Voyage (1632) p. 66 f. 70 (von den Huronen).
[388]) Champlain I p. 374. 391.
[388a]) Lafitau II p. 107.
[389]) Bartram S. 485 f.
[390]) Prescotts bei Schoolcraft IV p. 60.
[391]) Wrangell I S. 183 (nach Veniaminoff).

Besonders bezeichnend für alle diese communistischen Verhältnisse aber sind die Rechte der Innuit (Eskimo): Die
Fanggeräthe, Axt, Messer, Nähzeug gehören dem Einzelnen,
bezw. der Familie, ebenso das Zelt; andere Geräthe und das
Haus dagegen der (aus mehreren Familien bestehenden) Hausgenossenschaft.

Was nun aber die Hauptsache, den Fang, betrifft, so ist
der grosse Fang (Walfisch) allen gemein: jeder schneidet
herunter, was er kann, so dass manchmal einer den andern
verwundet; der mittlere Fang, namentlich der Seehundfang,
ist dem Dorf d. h. der Ansiedelung gemeinsam, mindestens
insofern, als jede Hausgenossenschaft einen Theil beziehen kann,
wobei verschiedene Gewohnheiten bestehen; der kleine Fang
gehört den Hausgenossen [392]). Mit anderen Worten: die Sache
wird soweit getheilt, als sie nach ihrer Grösse und den Be-
dürfnissen des Consums eine Theilung zulässt.

Ausserdem besteht

1. die Nahrungsgemeinschaft mehrerer in einem Hause
lebender Familien [393]);

2. die Verpflichtung, im Fall der Noth den Dorfgenossen
von seinem Ueberschuss abzugeben [394]);

3. eine unbeschränkte Gastfreundschaft [395]);

4. wer sich eine Sache leiht, haftet nicht für ihren Ver-
lust oder Schaden [396]).

Bei einigen Stämmen der Eskimo, z. B. an der Barrow-
spitze, scheint dieser Communismus zurückgedämmt zu sein,
vielleicht unter dem Einfluss des Handels mit Europäern. Der
Fang gehört hier nur den beim Fang betheiligten Personen, und

---

[392]) Rink p. 27. 28; Boas, 6. Report p. 582; Bessels im Naturalist p. 873; Nansen p. 100—103; Nordenskiöld S. 468 f.; Klutschak S. 233; vgl. auch Zeitschr. VIII S. 86.

[393]) Rink p. 30.

[394]) Egede S. 148; Nansen p. 100.

[395]) Egede S. 148; Nansen p. 107.

[396]) Nansen p. 99.

daher kommt es, dass hier einzelne Stammesglieder grösseres Vermögen ansammeln: die umialik (Besitzer von Booten)[397]). Wir haben also hier eine Entwickelung nach dem Einzelrecht im Eigenthum zu constatiren, wie anderwärts in der Ehe.

Soweit die Amerikavölker. Bei den D r a w i d a finden wir dieselbe Erscheinung communistischer Eigenthumsverhältnisse. So bei den T o d a : das Land gehört den Dorfgenossenschaften; das Vieh ist Privateigenthum, aber die Milch wird zunächst gemeinsam verwendet: und erst der Rest fällt an die einzelnen Männer nach Massgabe ihrer Viehstücke[398]).

Bei den N a i r ist das Familiengut, der t a r w â d, in der discretionären Herrschaft des Familienhauptes[399]). Ebenso treffen wir Gemeinsamkeitsverhältnisse bei den C i n g a l e s e n : namentlich stehen die Brüder, welche eine gemeinsame Frau haben, in einem besonders innigen Verband der Errungenschaften, so dass bei Wegfall eines Bruders der auf solche Weise verbundene den übrigen vorgeht[400]). Aehnlich im H i m a - l a y a[401]).

Gemeinschaft in der Ehe, wie im Vermögen ist das Merkzeichen einer früheren Periode der Menschheit.

2. A u s t r a l n e g e r.

§ 1.

Die Gruppencheverhältnisse der Australier haben bereits in meinem Rechte der Australneger (Z. f. vergl. R. VII, S. 321 f., 325 f.) eine ausführliche Darstellung gefunden. Spätere Berichte und Forschungen haben zu voller Bestätigung des dort Entwickelten geführt.

---

[397]) M u r d o c h, 9. Report p. 429.
[398]) M a r s h a l l p. 206. Vgl. auch noch W a t s o n and K a y e, People of India VIII zu Tafel 433. 434.
[399]) M a y n e, Hindu Law § 200. 271.
[400]) Rechtsvergleichende Studien S. 233. 236.
[401]) S t u l p n a g e l im Indian Antiquary VII p. 135.

Allerdings wurde in neuerer Zeit gegen diese Aufstellungen, wie sie auch im Buche von Fison and Howitt, Kamilaroi, enthalten waren, von Curr in seinem Werke The Australian Race Widerspruch erhoben. Dieses Werk enthält nun im gesammelten Material manches Schätzenswerthe, obgleich die beigebrachten Daten recht unvollständig sind und insbesondere die Vocabularien so wenig Verwandtschaftsbenennungen bringen, dass sie für unsere juristischen Zwecke fast unbrauchbar sind.

Die Schlussfolgerungen aber, die Curr aus seinem Material zieht, sind unmethodisch, seine Aufstellungen leiden an einer unzulässigen Generalisirung, und seine Idee von der afrikanischen Abstammung der Australneger, die insbesondere auch aus ähnlichlautenden Wörtern australischer und afrikanischer Sprachen erschlossen wird, zeugt von allem anderen, als von richtiger Methode und kritischer Behandlung des Stoffes.

Es mag zugegeben werden, dass sich Fison nicht immer deutlich genug ausgedrückt hat, um hervorzuheben, dass die Gruppenehe nicht mehr der normale Stand der Australneger ist, dass wir sie vielmehr im Ganzen als eine vergangene Erscheinung erkennen, die heutzutage noch in ihre Survivals, in ihren residuären Formen zu erblicken ist. Mag es auch sein, dass eine oder die andere Nachricht bei Fison mit Vorsicht aufzunehmen ist, Curr hat in seiner ganz unmethodischen Art der Behandlung nichts widerlegt, und alles, was für die Gruppenehe gesagt ist, bleibt bestehen. Wenn nichtsdestoweniger einige Schriftsteller, ohne die Erörterungen Curr's einer kritischen Sichtung zu unterziehen, einfach auf Grund seiner letzten Folgerungen, über die Gruppentheorie absprechen zu dürfen glaubten, so zeugt das eben wieder von dem Mangel an Kritik, der gerade bei solchen zu herrschen pflegt, die, ohne technisches Studium der vergleichenden Rechtswissenschaft, über ihre Probleme befinden zu können vermeinen.

Curr beruft sich in seiner, eben nur die gegenwärtigen Verhältnisse an ihrer Oberfläche erfassenden Art darauf, dass

nach dem Recht der Australier der Mann als absoluter Eigen-
thümer seiner Frau gilt, berechtigt, sie auszutauschen und preis-
zugeben. Dies wird Niemand bestreiten[402]) — aber hier liegt
eben der springende Punkt: die Herrschaft des Mannes ist es,
welche die Entwickelung aus dem Frauencommunismus heraus-
gedrängt hat; ebenso wie das stark ausgeprägte und so eifrig
gewahrte Grundeigenthum unserer Bauern an ihrem Gütchen
eben auch aus ehemaligem Communaleigenthum stammt.

Und vor Allem: dieses Ausleihen der Frau trägt noch die
Spuren ehemaliger Communalbeziehungen; denn bei manchen
Stämmen herrscht die Erscheinung, dass die Frau vorzüglich
dem Bruder des Mannes preisgegeben wird, wie dies Curr
selbst berichtet[403]), — was ja dringend auf ehemalige Gruppenverhältnisse hindeutet: dies hat einen ganz anderen Charakter,
als die Hingabe der Frau an den Gast; und von den Eingeborenen in Gippsland heisst es[404]):

There is reason to believe that custom sanctioned a single
man cohabiting occasionally with his brother's wife; and also
a married man with his wife's sister. A man spoke of his
sister-in-law as puppar-worcat, which means another wife;
and when a wife died, her sister not unfrequently took her place.

Dies wird durch die von mir a. a. O. S. 326 gegebenen Belege bestätigt. So sagt Schürmann[405]) von dem Port Lincoln-
stamm im Süden Australiens, dass man sich hier die Weiber
gegenseitig ausleiht und fährt fort: as for near relatives,
such as brothers, it may almost be said that they have their
wives in common. While the sending out of the women for
a night seems to be regarded as an impropriety by the natives
themselves, the latter practice is a recognised custom, about

---

[402]) Curr I p. 109. Vgl. meine Abhandlung S. 327; dazu jetzt
noch die Nachweise im Journal of the Anthrop. Inst. XXIV p. 170. 178.
183. 187. 194.
[403]) Curr I p. 109. 110.
[404]) Curr III p. 546.
[405]) In Woods, Native tribes of South Australia p. 223.

which not the least shame is felt. A peculiar nomenclature has arisen from these singular connections; a woman honours the brothers of the man to whom she is married with the indiscriminate name of husbands; but the men make a distinction, calling their own individual spouses yungaras, and those to whom they have a secondary claim, by right of brotherhood, kartetis.

Auch sonst bestehen noch Verhältnisse communalen Umganges mit einer Mehrheit von Männern; dies wird neuerdings wieder von Gason bezüglich der Dieri bestätigt: das Weib hat oft 8—12 Nebenmänner (pirraura) und Eifersucht ist nicht gestattet — bei Strangulation [406]).

Und von den Stämmen am Viktoriafluss bemerkt Crauford:

If a strange woman is captured from another tribe or from the whites, all the men have connection with her, one after the other until, as a rule, the woman dies [407]).

Auch sonst wird berichtet, dass Weiber so viel ausgetauscht werden, dass sie bei einer grossen Reihe von Männern des Stammes herumkommen [408]).

Sodann ergibt sich aus einem grossen Theil der Berichte, dass die Wittwe dem Bruder des Verstorbenen zukommt. Dies kann eine andere Grundlage haben: es kann auf Erbrecht beruhen; da aber der Anfall durchgängig an den Bruder erfolgt (nicht etwa an den Stiefsohn) und da das Erbrecht sonst kaum entwickelt ist, so ist dies ein wichtiges Anzeichen dafür, dass sich hier noch Ueberreste ehemaliger Communaliden fortspinnen. Wir finden darüber bei dem Verfasser und im Journal of the Anthrop. Inst. XXIV eine Reihe von Mittheilungen, die das von mir a. a. O. S. 349, 363 Ausgeführte weiter belegen. So kommt bei den Stämmen der Nicolsbay

---

[406]) Gason im Journal XXIV p. 169. Gason ist einer der ausgezeichnetsten Beobachter.

[407]) Crauford im Journal XXIV p. 181.

[408]) Matthews im Journal XXIV p. 187.

die Wittwe an den Bruder des Mannes[409]), ebenso am Port
Darwin[410]), ebenso bei den Stämmen im Yorkdistrikt[411]),
an der Halifaxbai[412]), am Belyandofluss[413]), in Peak Downs
District[414]) und bei den Dieri (an den älteren Bruder)[415]).

Dies findet selbst bei Stämmen statt, wo die Wittwe
eine Zeit lang die Gebeine des verstorbenen Mannes mit sich
tragen muss, so in Peak Downs District[416]).

Ebenso wird auch das Argument aus den zeitweisen communalen Orgien bei feierlicher Gelegenheit in keiner Weise
widerlegt; die Thatsache wird neuerdings von einem so ausgezeichneten Beobachter wie Gason, bezüglich der Dieri,
bestätigt[417]).

Wie kann hiergegen Curr I p. 109 apodiktisch behaupten:
Amongst the Australians there is no community of women!
Und wie kann dies von deutschen Schriftstellern einfach wieder-
holt werden!

Was aber den Hauptbeweis aus den Verwandtschaftsnamen betrifft, so hat leider Curr nur eine kleine Liste solcher
Verwandtschaftsbezeichnungen gegeben, die für uns brauchbar
sind. Wenn er aber Folgerungen daraus ziehen will, dass
sich in den Wortlisten Benennungen für Onkel, Tante, Neffe,
Nichte, Schwiegersohn und Schwägerin finden[418]) und wenn
er dabei den Versuch wagt, selbst die wissenschaftliche Un-
befangenheit eines Forschers wie Fison zu bezweifeln[419]),
so müssen wir einfach davon Akt nehmen. Wo gäbe es eine

---

[409]) Curr I p. 298.
[410]) Fölsche im Journal XXIV p. 194.
[411]) Curr I p. 338.
[412]) Curr II p. 425.
[413]) Curr III p. 21.
[414]) Curr III p. 65.
[415]) Gason im Journal XXIV p. 170.
[416]) Curr III p. 65.
[417]) Journal of the Anthrop. Inst. XXIV p. 173.
[418]) Curr I p. 140.
[419]) Curr I p. 142.

klassifikatorische Familie in der Art der Rothhäute und Australier, die nicht für den Bruder der Mutter und die Schwester
des Vaters, für das Kind der Schwester (wenn ein Mann
spricht) und das Kind des Bruders (wenn eine Frau spricht),
für die Schwester des Mannes und den Bruder der Frau Namen
gäbe! Mindestens führt die consequente Gestaltung dieses
Gruppenrechts zu solchen Benennungen; und wenn einige
Stämme der Rothhäute einen Abfall hievon beweisen, so sind
dies begreifliche Varianten. Und auch die Cousinbezeichnung
mussten die Australneger entwickeln, da sie bei der Gruppenehe stets die Generationsstufe einhielten und mithin solche
Ungeheuerlichkeiten in der Verwandtschaftsgliederung, wie
bei den Omaha- und Choktastämmen, ihnen fremd geblieben sind.

Und wenn gar Curr I p. 137 annimmt, die Gleichbezeichnung von Vater und Vatersbruder etc. beruhe darauf, dass
nach dem Tode der Mutter die Kinder mit zu ihrem Vatersbruder kommen und dass dieser dem nämlichen Stamme, wie
ihr Vater angehört, während es sich bezüglich des Bruders
der Mutter anders verhalte [420]), so ist dies offensichtlich völlig
unzureichend; denn warum heisst die Schwester der Mutter
wie die Mutter, warum der Sohn der Schwester wie der Sohn
(wenn ein Weib spricht), warum die Schwester der Ehefrau
gleich der Ehefrau, warum der Mann der Schwester der
Frau = Bruder?

Das heisst man argumentiren aus einzelnen unzusammen-
hängenden Daten, während doch ein zusammenstimmendes
System von Bezeichungen vorliegt.

Wenn er von einer Armuth der Sprache spricht, die eben
hier nicht differenzire [421]), so gibt er selbst Beispiele genug
von dem Reichthum der Benennungen; und warum diese
Consequenz in der Durchführung eines Princips? Was ver-

---

[420]) Curr I p. 137.
[421]) Curr I p. 135.

schlägt es hiergegen, dass manche Sprachen Holz und Feuer, Milch und Wasser, Nacht und Dunkel mit dem nämlichen Wort bezeichnen? Ebensogut könnte man daraus folgern, dass wir in unserer Sprache mit Kirche templum und ecclesia, mit See mare und lacus, mit Wein Natur- und Kunstwein benennen. Das Holz kommt dem Australneger als Feuerbringer in Betracht, und Milch und Wasser sind ihm die nährenden Säfte.

Um ein Bild von dem Reichthum der Sprachen in Verwandtschaftsbezeichnungen zu geben, bemerke ich, dass, wie aus den Vocabularien des Verfassers hervorgeht, für den älteren und jüngeren Bruder, für die ältere und jüngere Schwester, besondere Namen üblich sind; ja, bei den Dieri hat man noch folgende Differenzirung: spricht man zu dem Kinde, so nennt man es athamura, spricht man von dem Kinde: athamura-wauka: das kleine athamura, und dies consequent; und zu dem Vater apiri, von dem Vater: ginni[422]). Manchmal heisst der Sohn anders, wenn ein Mann, anders, wenn ein Weib spricht; so athamura und athani, yimmu und kumma[423]).

Ein weiterer Einwurf: wie man dazu kommen konnte, die Schwester der Mutter als Mutter zu bezeichnen, da ja doch die Geburt von der einen Mutter nicht zweifelhaft sein konnte[424]), beruht auf jenem völligen Missverständniss des Gruppenehegedankens, das ich schon oben (S. 15) beleuchtet habe.

Nicht die Unsicherheit der Paternität gegenüber dem Manne ist es, was zur Gleichbezeichnung von Vater und Vatersbruder führte, sondern der Gedanke, dass das Kind ein Kind der Gruppe ist, dass es mithin die Männer der Gruppe als Väter, die Frauen als Mutter hat, wie ich dies a. a. O. S. 80 ausgeführt habe. Wer Geschichte treibt, muss sich in die Denkweise der Zeiten hineinleben und darf ihre Institute nicht

---

[422]) Curr I p. 135. 136 nach Gason.
[423]) Curr I p. 141.
[424]) Curr I p. 134.

modernisiren. Was will das heissen: „a woman call her sister's male child son as a mode of speech"[425])! Ist dies etwas anders, als selbst a mode of speech? Von Werth sind daher nur die vom Verfasser zur Widerlegung angeführten Specialbeispiele. Die von Fison und Howitt und die von mir (nach diesen beiden und Cameron) gebrachten Belege sind nicht zu erschüttern. Nur bezüglich der Dieri, wo wir folgendes Schema angenommen hatten[426]):

apiri = Vater und Vaterbruder,
andri = Mutter und Mutterschwester,
athamura(ni)[427]) = Sohn und Bruderssohn
    (wenn ein Mann spricht),
athani = Sohn und Schwestersohn
    (wenn ein Weib spricht),

könnte einiger Zweifel bestehen.

Nach neuen Mittheilungen von Gason soll hier Folgendes gelten: der Mann nenne nicht nur seines Bruders Sohn, sondern auch seiner Schwester Sohn: athamura (= Sohn), ebenso bezeichne die Frau nicht nur ihrer Schwester Sohn; sondern auch ihres Bruders Sohn mit athani. Dazu käme die Bruderbezeichnung: nach den Angaben, von denen Fison (p. 61) ausgeht,

. heisst nihini Bruder und Vatersbrudersohn,
und ebenso Mutterschwestersohn,

während nach der ebenfalls auf Gason gestützten Angabe bei Curr sowohl der Sohn des Vatersbruders als der der Vatersschwester und sowohl der Sohn der Mutterschwester als der des Mutterbruders kankau oder athata heisst (je nachdem er jünger oder älter ist). Dies klärt sich nach der Wortliste bei Gason[428]) in

---

[425]) Curr I p. 134.
[426]) Australneger S. 342.
[427]) Das ni ist Anhängsilbe und heisst „mein".
[428]) Dieyerie Tribe in Woods, Native Tribes of South Australia .p. 294.

Woods so auf, dass nihi der ältere Bruder (das ni ist auch hier Anhängsilbe und = mein), kaku die ältere Schwester, athata der jüngere Bruder oder die jüngere Schwester heisst. Hiernach scheinen nun jedenfalls die Mittheilungen, die Gason an Curr gemacht hat, insofern ungenau zu sein, als hier kaku für älteren Bruder und Schwester (im klassifikatorischen Sinn) genommen ist, während der ältere Bruder nihi, die ältere Schwester kaku heisst; und auf die Darstellung Gason's in seinem Werke bei Woods ist gewiss mehr Gewicht zu legen, auch wird der Ausdruck nihi noch von Rev. Homan bestätigt[429]). Ist aber dies der Fall, so dürften doch gewiss Zweifel erlaubt sein, ob es mit der Gleichstellung

von Bruder und Vatersschwestersohn

und von Bruder und Muttersbrudersohn,

wie sie in dieser Mittheilung Gason's gegeben wird, völlig richtig ist. Das klassifikatorische System entspricht nur die Gleichstellung von Bruder und Vatersbrudersohn und von Bruder und Mutterschwestersohn. Sollten die Mittheilungen zutreffend sein, so hätten wir hier eben einen der Fälle, wo der Zerfall der ursprünglichen Familie eine Unregelmässigkeit in die Redeweise gebracht hätte, was bei der Beweglichkeit dieser Sprachen leicht erklärlich ist.

Ich will diese nur durch folgendes, in Curr's Werk selbst gegebenes, Beispiel illustriren.

Bekanntlich gilt es bei den Naturvölkern fast durchgängig als unheilvoll, den Namen eines Verstorbenen zu nennen[430]), weil man im Namen eine geheimnissvolle Beziehung zum Inhaber des Namens empfindet und daher fürchtet, dass der Geist des Verstorbenen komme und sein Unwesen treibe. Dies führt bei manchen Stämmen zu dem merkwürdigen Gebrauch, dass,

---

[429]) Howitt and Fison p. 61. Im Journal XXIV p. 169 sagt Gason: same names are given to both first and second cousins as brothers and sisters.

[430]) So z. B. auch bei Stämmen am Mary River, Curr III p. 166.

wenn Jemand stirbt, der zufällig den Namen eines Dinges trägt, man, um diesen Namen nicht mehr nennen zu müssen, die Bezeichnung des Dinges ändert. So Curr III, p. 580 f.; er bemerkt hier p. 581: About twenty-five years ago the equivalent of kangaroo was Poonminmir, which name a girl also bore. The girl died, and wardakow became the term for kangaroo, as the name of the dead could not be uttered for many years, in accordance with a custom which seems to be universal in Australia [431]).

Ausserdem bringt Curr einige weitere genauere Vocabularien.

Nach dem einen nennt ein Stamm [432]):
Kinder und Bruderskinder (wenn ein Mann spricht) wimbara, ebenso Kinder und Schwesterkinder (wenn eine Frau spricht);
der Mann nennt seiner Schwester Kinder gainguja, die Frau ihres Bruders Kinder wahraja,
alles dies in Uebereinstimmung mit dem klassifikatorischen System. Im Widerspruch steht nur, dass die Schwester der Mutter anders heisst (nahluja) als die Mutter (nummahka).

Sodann bei dem Larrikiastamm [433])
heisst lemurk Sohn und Brudersohn (wenn ein Mann spricht),
ni Sohn und Schwestersohn (wenn ein Weib spricht),
alles in Uebereinstimmung mit dem klassifikatorischen Princip; denn dass das Weib die Kinder anders benennt, als der Mann, ist naturgemäss und kommt bei vielen Stämmen vor.

Ebenso ist es entsprechend, dass der Mann Sohn und Tochter seiner Schwester nagunye und alagunye, das Weib den Sohn ihres Bruders lemurk nennt (wobei das Zusammentreffen mit der obigen Bezeichnung lemurk allerdings auffällt).

---

[431]) Das Nämliche ist bei den Rothhäuten zu constatiren, worüber im Rechte der Rothhäute zu handeln ist.
[432]) Curr I p. 139 f.
[433]) Curr I p. 138 f.

Ebenso ist es sachgemäss, dass das Kind seine Mutter
wuding, seiner Mutter Schwester wudy oder wuding nennt
(doch wohl dasselbe Wort!), während allerdings die Bezeichnungen von Vater (peppi) und Vatersbruder nicht ganz stimmen:
letzterer heisst peppä[434]) und nuggetty.

Uebrigens sehen wir *an diesem Fall, wie die Sprache
sich differenzirt: zuerst entwickelt sich neben dem gleichen
Namen: peppä, wohl ursprünglich = peppi, ein Differenzname,
der dann, je mehr das Differenzbedürfniss erwacht, allmälig
den Vorzug gewinnt. Und damit erklärt sich auch die Differenzirung im vorigen Fall von selbst.

Und was Fison[435]) nach Bridgman über die Stämme
am Port Mackay aufstellt, findet bei Curr III p. 45, der
nach Bridgman und Bucas berichtet, seine Bestätigung.

Hier heisst Vater und Vatersbruder tabu(nera) (oder
yabu?),

Mutter und Mutterschwester yunga(nera),

Sohn und Brudersohn (wenn ein Mann spricht) wulbura,

Bruder und Vaterbrudersohn cuta(nera).

Dem entsprechend heisst es bei Curr III p. 47, dass man
ein jedes Mitglied aus der eigenen Unterklasse Bruder nennt,
ausgenommen wenn es der höheren Generation angehört, wo
es dann Vater heisst, und jedes Weib aus der Unterklasse
seines Weibes nennt man Ehefrau[436]). Wie könnte die Gruppenehe besser bestätigt werden?

Eine Unordnung bekundet allerdings die Sprechweise
eines anderen Stammes, der Mulula[437]), wonach sowohl Mann
als auch Weib die Tochter der Schwester luckinthunmin nennen,
und die Schwester des Vaters, ebenso wie die Schwester der
Mutter, yeruen heisst.

---

[434]) Peppai englische Schreibung. Oder soll es auch peppi heissen,
so dass nur eine verschiedene Wiedergabe vorliegt?
[435]) Fison p. 61.
[436]) Curr III p. 47. 50.
[437]) Curr 1 p. 139.

Wenn dagegen bei einigen Stämmen besondere Bezeichnungen für Cousins im Gegensatz zu Brüdern bestehen[438]),
so ergibt sich dies aus dem Obigen.

Hierzu ist noch Folgendes zu bemerken.

Die Sprache unterscheidet bekanntlich zwischen dem Vaterbrudersohn und Mutterschwestersohn einerseits: diese heissen
nicht Cousins, sondern Brüder; und dem Vaterschwestersohn
oder Mutterbrudersohn: für diese passt der Name Cousin, denn
nach dem australischen System der Gruppenehe ist hier für die
Bezeichnung als Bruder oder Schwester kein Anhalt gegeben.

Ob nun die Stämme, bei denen Curr den Cousinnamen
mittheilt, sämmtlich diesen Unterschied noch festhalten, lässt
sich bei der Lückenhaftigkeit seiner Berichte nicht überall
constatiren. In einem Fall können wir dies, und das zeigt
zugleich, mit welcher Methode Curr gearbeitet hat und was
auf seine Polemik gegen Fison zu geben ist.

Für die Narrinyeri (am unteren Murray), auf die sich
Curr I p. 141 mit bezieht, haben wir die genaueren Nachrichten von Taplin in Woods Native Tribes p. 52, einem Werk,
das 1879, also lang vor Curr, in Adelaide erschienen ist.

Curr I p. 141 führt hier Folgendes auf:

    Bruder: gelane, tarte,

    Schwester: maranwe, tarti,

    Cousin: runde,

    Cousine: nguyanowi.

In der That verhält sich aber die Sache so:

    Bruder, Vatersbrudersohn, Mutterschwestersohn = ge-
lane[439]) oder tarte, je nachdem er älter oder jünger
ist, als der Sprecher;

    Schwester, Vatersbrudertochter, Mutterschwester-
tochter = maran(ow)i oder tarte, ebenfalls mit der
gegebenen Unterscheidung.

---

[438]) Curr I p. 141.

[439]) Wenn es bei Taplin heisst gelanowe, so ist dies mit Suffix
(nowe = mein) und heisst: mein Bruder.

Dagegen bedeutet nguyane (nguyanowe) allerdings Cousin, aber nur als das Kind des Bruders der Mutter oder der Schwester des Vaters.

So ist es auch mit dem Oheim.

Hier führt Curr an:

väterlicher Oheim: wanowe,

mütterlicher Oheim: ngoppano.

Dagegen heisst es bei Taplin an der bezeichneten Stelle, dass der Vaterbruder = Vater (nanghai) und der Mutterbruder und der Ehemann der Schwester des Vaters = wanowe, — also völlig nach dem Grundgesetz der klassifikatorischen Verwandtschaft. Und ebenso heisst die Mutterschwester = Mutter (nainkowa), während die Vaterschwester = barno heisst.

Der Ausdruck ngoppano für Onkel, der sich bei Taplin p. 52 nicht findet, scheint ein zweiter differenzirender Name für den Mutterbruder zu sein, so dass also sich wanowe und ngoppano beide auf den Bruder der Mutter bezögen, — also durchaus nicht so, als ob der Bruder des Vaters wanowe hiesse.

Dass allerdings die Sprache ein Bestreben nach neuen Differenzirungen hat, beweist der Umstand, dass der Bruderssohn = dem Sohn (porlean), dass man aber, um ihn vom Sohn zu unterscheiden, sich auch des Namens wayatte und ngoppari bedient (je nachdem er vom älteren oder jüngeren Bruder stammt) [440].

Bezüglich des Encounterbaystammes ist leider das Vocabular in Woods p. 169 f. nicht wissenschaftlich genug gefasst, um eine solche Nachprüfung zu ermöglichen. Bei der nahen Verwandtschaft der Stämme und der Aehnlichkeit mehrerer Bezeichnungen wird aber wohl das Gleiche, wie bei den Narrinyeri anzunehmen sein.

Die Cousinehe ist bei den Australnegern nicht durchgeführt. So weit wir sehen, finden wir die Gleichung Onkel

---

[440] So Taplin p. 52: A title to distinguish them from my own children.

= Schwiegervater, Neffe = Schwiegersohn nicht; so z. B.
nicht bei den Dierie, wo der Onkel kaka, der Schwiegervater thuru heisst [441]); so nicht bei den Narrinyeri,
>wo der Onkel = wanowe,
>der Schwiegervater = yullundi,
>der Neffe = ngarra,
>der Schwiegersohn = yullundi,
>die Nichte = nanghari,
>die Schwiegertochter = mayareli.

So weit die klassifikatorische Verwandtschaft.

IV. Schluss.

Die ursprüngliche Gruppenehe bei den Rothhäuten, Drawida und Australiern dürfte hiermit dargethan sein. Betrachten wir nun

1. den Zusammenhang zwischen Gruppenehe und
Totemismus und wie sich eines aus dem anderen
ergibt,

betrachten wir 2., wie bei diesen nicht in näherer
Berührung stehenden Völkerstämmen sich überein-
stimmend, nur mit individueller Abweichung und Kenn-
zeichnung, dieselbe Gruppenehe gebildet hat;

betrachten wir 3., wie dies Völker sind, die durch
die Art ihres Totemismus eine besondere Ursprünglichkeit kundgeben, vor allem die Rothhäute;

und betrachten wir 4., wie uns der Totemismus
nahezu bei allen Zweigen der Menschheit in Einrichtungen, Sagen, Ausdrucksformen als ein uraltes,
später verlassenes Institut entgegentritt, so wird der
Schluss auf die Ursprünglichkeit der Gruppenehe bei
den Völkern der Erde nicht abzuweisen sein.

Ob diese totemistische Gruppenehe die älteste gewesen,
ist dann allerdinge die Frage: ob nicht überall ein Zustand

---

[441]) W o o d s , Native tribes p. 294.

vorherging, wo innerhalb des Totems oder vor jeder Totem-
bildung promiscue der Umgang gepflogen wurde, lassen wir
bis jetzt dahingestellt. Das wahre Leben der Menschheit, die
wahre Geschichte konnte erst beginnen, als mit der Differenzirung der Totems einerseits und dem strengen ehelichen Zusammenhalt andererseits die Voraussetzungen der Entwickelung
gegeben waren: Anschluss der Massen und Einheit in der
Mannigfaltigkeit, Mannigfaltigkeit in der Einheit.

Spuren ursprünglicher Geschwisterehe haben wir oben
nachgewiesen; sie sind aber nicht reichlich genug, um den
allgemeinen Schluss aus dem Bereiche der Möglichkeit in das
der wissenschaftlichen Wahrscheinlichkeit zu rücken.

Dagegen ist die Thatsache der totemistischen Gruppenehe
als Ausgangspunkt unserer Kultur ein wissenschaftlich ge-
nügend begründetes Ergebniss, und wer sie bekämpfen will,
muss uns auf das Gebiet der Morgan'schen Tafeln folgen;
allgemeine Bezweiflungen haben keine wissenschaftliche Bedeutung.

So war also der Stammkultus der Thiere mit seinen
Schauern, so war die Verbindung der im Thierkultus stehenden
Menschengemeinschaften eine der bedeutsamsten Erscheinungen
in der Geschichte unseres Geschlechtes.

Anhang.

Literatur über die Amerikavölker.

Colden, History of the 5 Indian nations of Canada (1747).
Powell, Wyandot government, im 1 Annual Report of the Bureau of
    Ethnology (Washington) p. 59—69.
Morgan, League of the Iroquois (1851).
— Consanguinity and affinity, in den Smithsonian Contributions XVII.
— Ancient Society (London 1877).
— A study of the Houses of the American Aborigines, im First Annual
    Report of the Archaeol. Inst. of America (Cambridge 1880).
— in den Contributions to North American Ethnology IV.

Dorsey, Account of the war costums of the Osages, im American Naturalist XVIII p. 113 f.

— Ohama Sociology im 3 Annual Report of Ethnology (Washington); dies mit Dorsey citirt.

Eastman, Dacotah (New York 1849).

Hunter, Manners and customs of several Indian tribes (1823).

Schoolcraft, Notes on the Iroquois (Albany 1847).

— History, condition and prospects of the Indian tribes; darin insbesondere V p. 268: Swan über die Crik und V p. 651: Alvord über die Nez Percés.

Hale, The Iroquois Book of Rites (1883).

Tanner, A narrative of the captivity and adventures (1830).

Jones, History of the Ojebway Indians (London 1861).

Kohl, Kitschi-Gami (Bremen 1859).

Jones, Antiquities of the Southern Indians (New York 1873).

Venegas, Noticia de la California (1739 — Edit. 1757).

Powers, Tribes of California, in der 3 Contribution to North American Ethnology (Washington).

Gibbs, Tribes of Western Washington and Northwestern Oregon, in den Contributions to N. American Ethnology I p. 163 f.

Dunn, History of the Oregon Territory (London 1844).

Parkman, The Jesuits in North America (Boston 1884).

Champlain, Voyages (1607 f.), ed. Paris 1830.

Sagard, Grand Voyage du pays des Hurons (ed. Paris 1865).

Lahontan, Nouveaux voyages dans l'Amerique septentrionale (Ende des 17. Jahrh.), ed. Haag (1703).

Lafitau, Moeurs des sauvages Ameriquains (Paris 1724).

Missionsberichte: Relations .... des pères de la compagnie de Jesus 1676. 1677. 1700.

Strachey, Historie of the travaile into Virginia Britannia (Ed. Major 1849.)

Hennepin, Description de la Louisiana (Paris 1688). Anhang: Moeurs.

Margry, Mémoires et documents .... des origines françaises des Pays d'Outremer (1879).

Lawson, A new account of Carolina (circa 1700), in New Collection of voyages (1711) Vol. I.

Carver, Three years travels throughout the interior parts of N. America (1766—69). Ed. 1813.

Adair, History of the American Indians (London 1775).

Loskiel, Geschichte der Mission der evangelischen Brüder (Barby 1789).

Heckewelder, Nachrichten von der Geschichte der Sitten und Gebräuche der indianischen Völkerschaften (übersetzt v. Hesse, 1821).

Bradbury, Travels in the Interior of America in the years 1809, 1810 and 1811 (Liverpool 1817).

Dwight, Travels in New England (New Haven 1821. 1822).

Lewis and Clark, History of the Expedition to the sources of the Missouri River (ed. Coves 1893).

Long, Narrative of an expedition to the source of S. Peters river .... compiled by Keating (Philadelphia 1824).

Maximilian Prinz zu Wied, Reise in das innere Nordamerika (Coblenz 1839. 1841).

Möllhausen, Wanderungen durch die Prärien (2. Aufl. 1860).

Catlin, Lettres and notes on the manners, customs and condition of the N. American Indians (London 1841).

Mackenzie, Voyages from Montreal ... through the continent of N. America (London 1801).

Boscana († 1831) Chinigchinch, a historical account of the origin, customs and traditions of the Indians .... in Robinson, Life in California (New York 1846).

Domenech, Voyage pittoresque dans les grands déserts du Nouveau Monde (Paris 1862).

Nuttal, Journal of travels into Arkansa territory (1821).

Ten Kate, Reizen en onderzoekingen in N. Amerika (1885).

— —, Unter den Apachen, im Ausland 1886 S. 152.

— —, Komantschen, im Ausland 1885 S. 846.

Bartram, Reisen durch Nord- und Südkarolina (übersetzt von Zimmermann, 1793).

Boas, Notes on the Ethnology of British Columbia, in den Proceedings of the American Philosophical Society XXIV (1887) p. 422.

—, Die Geheimbünde der Kwakliut, in der Festgabe für Bastian (1896). S. 437 f.

Mayne, Four years in British Columbia (London 1862).

Macfie, Vancouver Island and British Columbia (London 1865).

Swan, The Indians of Cape Flattery, Smiths. Contrib. XVI Nr. 220.

—, Haidah Indians, ebenda XXI Nr. 267.

Langsdorff, Bemerkungen auf einer Reise um die Welt (1812).

Wrangell in den Beiträgen zur Kenntniss des russischen Reichs (von Baer und Helmersen). I.

Kotzebue, Neue Reise um die Welt (Weimar 1830).

Holmberg, Ethnographische Skizzen über die Völker des russischen Amerikas (Acta societ. Fennicae IV p. 281 f.).

Dall, Alaska (Boston 1870).

Badlam, Wonders of Alaska (S. Franc. 1890).

Poole, Queen Charlotte Islands (London 1872).

Erman in der Z. f. Ethnologie II und III.

Krause, Tlinkitindianer (Jena 1885).

Pinart, Bullet. de la Soc. d'Anthrop. de Paris 1872 p. 788 f.

Jackson, American Antiquarian II p. 105.

Franklin, Narrative of a study to the shores of the Polar See (2. Ed. 1824).

Egede, Beschreibung und Naturgeschichte von Grönland (übersetzt v. Krünitz 1763).

Rink, Tales and traditions of the Eskimo (Edinburg 1875).

Hall, Life with the Esquimaux (London 1864).

Boas in Petermann's Mittheilungen XXXIII (1887).

—, The central Eskimo, im 6 Annual Report of the Bureau of Ethnology (Washington).

Bessels im American Naturalist XVIII p. 861 f.

— im Archiv für Anthropology VIII.

Murdoch, Ethnological Results of the Point Barrow Expedition, im 9 Annual Report of the Bureau of Ethnol. (Washington).

Nordenskiöld, Grönland (Leipzig 1886).

Nansen, Eskimoliv (Kristiania 1891).

Klutschak, Als Eskimo unter den Eskimo (1881).

Richardson, Arctic Searching Expedition (London 1851).

Ross, Narrative of a second voyage (London 1835).

Dorman, Origin of primitive superstitions (Philadelphia 1881).

Als Zusammenstellung schätzenswerth ist:

Bancroft, Native races. Vol. I Wild tribes (S. Francisco 1883).

Ferner:

Waitz, Anthropologie der Naturvölker III.

Dazu verschiedene Aufsätze im Ausland, im Journal of American Folk-lore, im American Antiquarian, in Petermanns Mittheilungen, die an betreffender Stelle bezeichnet sind.